# LE CLUB DES BABY-SITTERS

Déjà parus dans la série

LE CLUB DES **BABY-SITTERS** :

1. L'Idée géniale de Kristy
2. Claudia et le Visiteur Fantôme
3. Le Secret de Lucy
4. Pas de panique, Mary Anne !
5. Carla et les trois monstres
6. Un grand jour pour Kristy

Ann M. Martin

# Le secret de Lucy

LE CLUB DES **BABY-SITTERS**

**FOLIO** JUNIOR/**GALLIMARD** JEUNESSE

*L'auteur tient à remercier le docteur Claudia Werner pour ses précieux conseils.*

Titre original : The Truth About Stacey
Édition originale publiée
par Scholastic Inc., New York, 1986

***« Je ne l'avais jamais entendue élever la voix, aussi, quand elle a crié « Claudia ! », j'étais sûre qu'il se passait quelque chose de grave. Hélas ! j'avais raison. »***

# 1

– En tant que présidente du club, dit Kristy Parker, je propose que nous discutions de ce qu'il faudra faire quand madame Newton accouchera.

– Qu'est-ce que tu veux dire ? demandai-je.

– Nous devons nous tenir prêtes. Ça fait des mois que nous attendons la naissance de ce bébé et les Newton sont nos meilleurs clients. Ils auront besoin de quelqu'un pour garder Simon le moment venu. Il faut qu'on soit prêtes !

– C'est une bonne idée. Je suis tout à fait d'accord, dit Mary Anne Cook.

Mary Anne est toujours d'accord avec Kristy. Normal, elles sont inséparables !

Je jetai un coup d'œil à Claudia Koshi, qui est ma meilleure amie et la vice-présidente du club. Elle haussa les épaules. Kristy, Claudia, Mary Anne (la secrétaire) et moi, Lucy MacDouglas (la trésorière), sommes les quatre membres du Club des baby-sitters. Il a été créé il y a deux mois. L'idée est de Kristy, c'est pour ça qu'elle est présidente. Nous nous réunissons trois fois par semaine de dix-sept heures trente à dix-huit heures dans la chambre de Claudia (elle a un téléphone personnel). Les parents appellent lorsqu'ils ont besoin de nos services. Si le club marche si bien, c'est que, sur quatre baby-sitters, les gens sont sûrs d'en trouver une de disponible. Ils apprécient cela et nous aiment bien, nous aussi. Nous sommes des filles sérieuses. Nous avons travaillé dur pour que ça marche ; nous avons distribué des prospectus dans les boîtes aux lettres et passé une annonce dans le *Stonebrook News*, le journal local.

J'habite à Stonebrook, ce trou perdu du Connecticut, aux États-Unis... Quel choc après New York ! Ici, il n'y a qu'un seul collège, celui où nous allons, mes copines et moi. Nous sommes en cinquième. A New York, il y a des millions de collèges. En fait, là-bas, il y a des millions de tout. Ici, il n'y a... pas grand-chose, à vrai dire ! Mes parents et moi avons emménagé en août et, au début, je ne me suis pas fait une seule amie. Jusqu'à ce que je rencontre Claudia en septembre. Ici, tous les gens ont l'air de se connaître depuis leur plus jeune âge. C'est le cas de Claudia, Kristy et Mary Anne, en tout cas. Kristy et Mary Anne habitent côte à côte, et Claudia juste en face. Moi, j'habite deux rues plus loin. C'est pour ça que j'ai été super contente quand Claudia m'a parlé du club. « Enfin des copines ! » me suis-je dit. Bien que je me sente plus proche de Claudia, qu'est-ce que je ferais sans Kristy et Mary Anne ? C'est vrai qu'elles font un peu plus jeunes que Claudia et moi (elles ne s'intéressent ni aux vêtements ni aux garçons. Quoique… Kristy vient d'être invitée à son premier bal du collège !), que Mary Anne est très timide et que Kristy est un vrai garçon manqué. Ce sont quand même de super copines. Je n'en dirais pas autant de certaines lâcheuses, à New York.

– Bon, voici mon plan, commença Kristy. C'est un après-midi de la semaine. Mme Newton se rend compte qu'il est temps de partir à la maternité. Elle appelle son mari ou un taxi ou Dieu sait qui, puis passe un coup de fil ici, pour que l'une de nous aille garder Simon.

– Et si on est occupées toutes les quatre ? demandai-je.

– Hum ! Dorénavant, on doit s'arranger pour qu'une de nous reste à la disposition de madame Newton. Nous devons bien ça à une aussi bonne cliente ! estima Kristy.

– C'est vraiment du temps perdu ! s'exclama Claudia.

J'étais entièrement d'accord avec elle et j'ajoutai :

– C'est exact, les bébés peuvent naître deux ou trois semaines plus tard que prévu et nous irions refuser des tas de baby-sittings pour rien !

– C'est vrai, reconnut Kristy, pensive.

– Et qu'est-ce qui se passe si ça arrive la nuit ou le soir ? suggérai-je. Les femmes enceintes partent souvent accoucher en pleine nuit. Je suis née à deux heures du matin.

– Et moi, à quatre heures et demie, dit Claudia.

– Moi, à quatre heures tapantes, dit Kristy.

Nos regards ont convergé vers Mary Anne, qui a haussé les épaules d'un air malheureux.

– Je ne sais pas du tout à quelle heure je suis née.

Sa mère est morte quand elle était petite, et elle n'est pas très proche de son père, qui est quelqu'un d'assez sévère. Apparemment, ils n'ont jamais abordé ce sujet tous les deux.

A ce moment, Mimi, la grand-mère de Claudia, passa la tête dans l'embrasure de la porte.

– Puis-je vous offrir quelque chose à manger ? demanda-t-elle.

La famille de Claudia est d'origine japonaise, et Mimi, qui est arrivée aux États-Unis à l'âge de trente-deux ans, parle avec un charmant accent. Elle habite chez ses enfants depuis bien avant la naissance de Claudia.

– Non, merci, fit Claudia, mais est-ce que tu sais à quelle heure est née Mary Anne ?

Elle pensait que Mimi le saurait, car les parents de Claudia, les Parker et les Cook se connaissaient depuis des années.

Mimi prit un air pensif.

– Laisse-moi réfléchir un instant, ma petite Claudia… Mary Anne, tes parents sont partis à l'hôpital à l'heure du dîner. Ça, j'en suis sûre. Tu as dû naître vers vingt-trois heures.

– Oh ! (Un sourire illumina le visage de Mary Anne.) Je ne savais pas. Alors je suis aussi un bébé de la nuit. Merci, Mimi.

– Il n'y a pas de quoi !

Au moment où Mimi se retournait pour partir, elle faillit heurter Jane, la sœur de Claudia, qui arrivait à toute allure.

– Claudia ! Claudia ! criait-elle.

Je levai les yeux, inquiète. A quinze ans, Jane est déjà en première. C'est le petit génie de la famille, mais elle est ennuyeuse comme la pluie. Je ne l'avais jamais entendue élever la voix, aussi, quand elle a crié « Claudia ! », j'étais sûre qu'il se passait quelque chose de grave. Hélas ! j'avais raison.

Jane agitait une feuille qu'elle tendit à sa sœur.

Nous nous sommes pressées autour d'elle pour découvrir la mauvaise nouvelle :

*Vous voulez trouver rapidement*
*une baby-sitter fiable ?*
*Alors appelez :*

L'AGENCE DE BABY-SITTERS

*Liz Lewis* : 5-1162
*ou*
*Michelle Patterson* : 5-7548

*Vous contactez ainsi tout un groupe*
*de baby-sitters sérieuses.*

*Age : 13 ans et plus.*

*Disponibles :*
*après l'école,*
*le week-end jusqu'à minuit,*
*les soirs de semaine jusqu'à 23 heures.*

*Tarifs intéressants !*
*Des années d'expérience !*
*Appelez-nous !*

Nous nous sommes regardées sans rien dire. Même Kristy, qui a la langue si bien pendue d'habitude, resta sans voix.

– Qu'est-ce qui ne va pas, mon chou ? s'inquiéta Mimi.

– On a de la concurrence, répliqua Claudia en fronçant les sourcils.

Kristy vit à sa montre qu'il nous restait encore un quart d'heure avant la fin de la réunion.

– Faisons une réunion d'urgence, proposa-t-elle.

– On va vous laisser alors, dit Mimi en partant, suivie de Jane.

Je regardai mes trois amies, accablées. Claudia, le regard absent, jouait avec ses longs cheveux noirs. Elle accorde beaucoup d'importance à son look et porte toujours les derniers trucs à la mode mais, à cet instant précis, on voyait bien qu'elle avait tout autre chose en tête. Kristy, avec sa robe de petite fille, sa queue de cheval faite à la va-vite, avait l'air aussi absorbé que Claudia. Mary

Anne, qui portait des tresses, comme toujours (son père ne veut pas qu'elle se coiffe autrement), avait mis ses lunettes pour lire le prospectus. Elle soupira, s'appuya contre le mur et envoya valser ses mocassins. Quant à moi, je devais faire une sacrée tête d'enterrement aussi. J'étais sans doute un peu plus à la mode que Kristy ou Mary Anne, mais bien moins jolie que Claudia. J'examinais avec attention un de mes ongles, recouvert d'un vernis rose nacré, tandis que Kristy agitait l'abominable prospectus d'une main tremblante.

– Nous sommes fichues : les autres baby-sitters sont plus vieilles que nous, elles ont le droit de sortir plus tard le soir. On peut aller se rhabiller ! gémit-elle.

Personne ne la contredit. Désespérée, Claudia tira d'une boîte à chaussures dissimulée sous son lit des bonbons Polo. Elle adore les cochonneries, même si elle prétend le contraire. Sa chambre est pleine de cachettes à bonbons et à biscuits. Elle adore aussi les romans d'Agatha Christie, que ses parents n'aiment pas trop.

Elle était tellement perturbée par cette histoire d'Agence de baby-sitters qu'elle m'a proposé des bonbons. Elle sait pourtant que je suis diabétique et que je n'ai absolument pas droit aux sucreries. En général, je préfère cacher ma maladie, mais Claudia, Mary Anne et Kristy sont au courant, et normalement elles évitent de me tenter.

– Qui sont Liz Lewis et Michelle Patterson ?

demanda Mary Anne, qui relisait le prospectus en plissant les yeux.

Je haussai les épaules. J'avais déjà du mal à connaître tous ceux qui étaient dans ma classe, alors les autres !

– Peut-être qu'elles sont déjà au lycée. Je me demande si Samuel et Charlie les connaissent, dit Kristy. (Ce sont ses frères aînés, ils ont seize et quatorze ans. Elle a aussi un petit frère de six ans, David Michael).

– Non, elles sont au collège, déclara Claudia d'une voix éteinte, elles sont en quatrième.

– Elles doivent être plutôt copines avec des élèves du lycée, dis-je, ou alors, il y a plein de quatrièmes que nous ne connaissons pas.

Claudia insista :

– En tout cas, je sais qu'elles sont en quatrième. Elles ont quatorze ou quinze ans. Vous devriez voir la tête qu'elles ont ! Ça vous ferait un choc ! Elles ne sont pas plus baby-sitters que moi reine d'Angleterre.

– Pourquoi tu dis ça ? demandai-je.

– D'abord, je ne leur ferais pas trop confiance, expliqua Claudia. Elles n'arrêtent pas de raconter des bêtises, elles répondent aux profs, détestent l'école, traînent dans la rue. Vous voyez un peu le genre…

– Ce ne sont pas de mauvaises baby-sitters pour autant, remarqua Mary Anne.

– Quand même, c'est plutôt mauvais signe, reprit Claudia.

– Je me demande comment fonctionne l'agence, dit Kristy. (Elle tenait toujours le papier à la main.) Il n'y a que deux noms là-dessus, mais il est question d'un groupe de baby-sitters. En tout cas, on peut dire qu'elles savent comment se faire des clients. Leur prospectus est beaucoup mieux fait que le nôtre.

– Hé ! cria Mary Anne. J'ai une idée : on appelle l'agence en faisant semblant de chercher une baby-sitter. Comme ça, on comprendra comment elles s'organisent.

Mary Anne est peut-être timide, mais elle est capable d'avoir des idées étonnantes.

– C'est pas bête du tout, approuva Kristy. Je vais inventer un nom et raconter que je veux une baby-sitter pour mon petit frère. Après, je rappellerai pour annuler. Sus à la concurrence ! Le Club des baby-sitters contre-attaque !

*« Apprendre que, non seulement j'aurais des piqûres tous les jours de ma vie, mais qu'en plus je me les ferais moi-même, c'était vraiment trop ! Mais est-ce que j'avais vraiment le choix ? »*

# 2

Kristy demanda à parler à Liz Lewis, parce que son nom était le premier sur le prospectus. Elle mit la main sur le récepteur.

– Ça sonne, murmura-t-elle. Un… deux… tr… Allô ? Liz Lewis, s'il vous plaît. Oh ! Salut, Liz. Je m'appelle Valentine… Non, ce n'est pas une blague… J'ai eu ton prospectus. Je suis censée garder mon petit frère demain…

Kristy fit une pause…

– Malheureusement, j'ai un rendez-vous.

Mary Anne se mit à pouffer de rire. Elle attrapa un oreiller sur le lit de Claudia et y enfouit son visage pour étouffer ses rires. Kristy lui tourna le dos pour ne plus la voir.

– De quinze à dix-sept heures, ajouta Kristy. Il a sept ans, il s'appelle Harry… 28, Roper Road. C'est toi qui vas venir le garder ?… Oh, je vois…

Hum… Je suis au 5-3231, mais je pars dans dix minutes. Après j'ai… un autre rendez-vous… Avec qui ?

Pendant ce temps, Claudia avait attrapé le fou rire elle aussi et j'étais prête à en faire autant. Kristy nous jetait des regards désespérés, ne sachant trop quoi dire sur son « rendez-vous ». Elle jeta alors un nom en l'air.

– Avec Churchill, répondit-elle, espérant que Liz ne saurait pas qui c'était. Ouais, il va au lycée… en première. Il joue au foot… moi ? Je suis en cinquième… Ouais, je sais.

Je dus quitter la pièce. Je ne pouvais plus tenir et je ne voulais pas compromettre le plan de Kristy.

Quand je revins, Kristy était en train de dire :

– Ok, cinq minutes… ouais.

Elle raccrocha et put enfin éclater de rire.

– Ne me faites plus de coups comme ça, quand je téléphone ! s'exclama-t-elle.

– Mais Churchill ? m'écriai-je, c'est trop drôle d'avoir trouvé ce nom-là !

Les rires se calmèrent un peu et Kristy reprit :

– Je crois que l'agence fonctionne comme ça : les gens appellent Liz et Michelle quand ils ont besoin d'une baby-sitter. Et à leur tour, elles passent quelques coups de fil pour trouver quelqu'un. Bref, c'est elles qui se chargent de téléphoner à la place de leurs clients. De temps en temps, elles doivent garder les enfants elles-mêmes. Mais quand elles ne le font pas, j'imagine qu'elles prennent une commission sur ce que gagne la baby-sitter qu'elles ont trouvée.

– Alors, tout leur travail consiste à téléphoner à d'autres filles ? fit Mary Anne.

– Ouais, remarqua Kristy d'un air sombre. Nous aurions pu faire ça aussi, si nous y avions pensé.

Elle marqua une pause avant d'ajouter :

– Liz avait l'air beaucoup plus intéressée par mon rendez-vous que par ma demande de baby-sitter.

La sonnerie du téléphone retentit tout à coup.

– Je réponds, ce doit être Liz, dit Kristy.

Mary Anne avait déjà attrapé un oreiller.

– Allô, le Cl… allô ? (Kristy avait failli répondre : « Allô, le Club des baby-sitters. » C'est comme ça que nous nous présentons au téléphone.) Oui, c'est elle… Oh, super… Combien ?… Ouah… Quel âge ont-elles ?… Ok… Patricia Clayton. Oh, merci beaucoup. Je verrai Patricia demain… Tchao.

Kristy raccrocha.

– Tchao ? répéta Mary Anne.

– C'est comme ça que Liz dit au revoir.

– Ah bon ? m'étonnai-je.

– Elle a trouvé trois baby-sitters disponibles, et elle pouvait même contacter un garçon en plus, expliqua Kristy. Elle m'a donné le choix. Je ne connais aucune des trois, mais deux d'entre elles ont treize ans et l'autre quinze. J'ai choisi la fille de quinze ans. Les gens vont adorer l'agence. Je ne plaisante pas. Nous n'avons pas le même choix qu'elles. Pas de garçons non plus. Et nous ne pouvons pas sortir après vingt-deux heures, même le week-end.

On s'est toutes regardées tristement. Après avoir dit au revoir à Claudia, nous nous sommes séparées, un peu dépitées.

– A bientôt, nous fit Mary Anne devant chez les Koshi, avant de partir précipitamment.

Elle avait l'air pressé tout à coup. De l'autre côté de la rue, on pouvait voir son père qui l'attendait sur le pas de la porte.

– Écoute, dis-je à Kristy, on va s'en sortir. Nous sommes de bonnes baby-sitters.

– Je sais.

Mais elle n'ajouta pas un mot. J'aurais bien aimé la voir un petit peu plus optimiste. Après tout, le club la concernait plus que quiconque. Je pensais qu'elle était prête à faire n'importe quoi pour le défendre. Moi, en tout cas, je l'étais. Peut-être que pour moi, le club était davantage qu'un jeu ou qu'une façon de gagner un peu d'argent de poche. Les membres du club étaient mes seules amies. C'était ce qu'il m'était arrivé de plus sympa depuis un an.

Je courus jusqu'à la maison. Ce soir-là, j'étais tellement contrariée que je n'avais même pas faim. Je réussis pourtant à avaler mon repas. Ce qui n'est pas aussi simple que ça en a l'air. Depuis que je suis diabétique, je dois faire attention à tout ce que je mange, et les repas ne sont plus très marrants. Souvent, quand j'ai faim, je ne fais pas attention à ce qu'il y a dans mon assiette. Je mange pour faire le plein, c'est tout. Mais depuis quelque temps, j'ai perdu du poids et maman surveille que je mange convenablement. C'est pourquoi je me suis forcée.

Dès que j'en eus la possibilité, je filai dans ma chambre et je me mis à réfléchir. Ça faisait un an que s'étaient manifestés pour la première fois les symptômes du diabète. Au début, personne n'y voyait rien d'inquiétant. J'avais tout le temps faim. Vraiment faim, rien ne pouvait me rassasier, et j'avais super soif aussi. Ma mère me disait :

– Tu es en pleine croissance. Je suis sûre que tu as grandi, laisse-moi te mesurer.

J'avais bien pris trois centimètres. Mais, alors que je n'arrêtais pas de m'empiffrer, je commençai à maigrir. Et, en plus, je ne me sentais pas très bien. J'étais vite fatiguée et il m'arrivait de tomber dans les pommes. Deux fois, j'avais fait pipi au lit. La deuxième, c'était chez mon ex-meilleure amie, Laine Cummings. J'étais allée dormir chez elle et je partageais son lit !

Alors, ma mère oublia ma crise de croissance et fut convaincue que j'avais un problème dans ma tête. Elle me conduisit chez un célèbre psychologue new-yorkais. Pendant notre entretien, il me posa des tas de questions, apprit que je perdais du poids et me vit engloutir trois sodas. Il comprit tout de suite de quoi il s'agissait, et conseilla à ma mère de prendre rendez-vous avec mon pédiatre. C'est ce qu'elle fit. Deux semaines plus tard, j'apprenais à faire des piqûres en m'entraînant sur de pauvres oranges sans défense, en me disant que, sous peu, je serais à la place des oranges.

Le diabète est dû au mauvais fonctionnement d'une glande de notre corps, appelée pancréas. Le pancréas sécrète une hormone, l'insuline. Quand il n'en produit pas assez, le sucre s'accumule dans le sang et on tombe malade. Et pas qu'un peu ! Si le diabète n'est pas traité correctement, on peut en mourir.

En fait, j'ai bien failli mourir la première fois qu'on m'a raconté tout ça. Mais le médecin m'a expliqué qu'en s'injectant de l'insuline tous les jours, on parvient à maintenir le taux qu'il faut dans le corps. Et grâce à l'insuline et à un régime assez strict, on peut vivre tout à fait normalement. Voilà pourquoi j'ai appris à me faire des piqûres d'insuline toute seule.

Vous allez me dire que ce n'est pas si terrible. Mais j'étais le genre de fille qui pleure à la vue de la moindre goutte de sang. Alors, apprendre que, non seulement j'aurais des piqûres tous les jours de ma vie, mais qu'en plus, je me les ferais moi-même, c'était vraiment trop ! Mais est-ce que j'avais vraiment le choix ? D'accord, mes parents auraient pu me les faire, mais dans ce cas j'aurais été très dépendante d'eux. Pas question ! Je devais apprendre à me piquer toute seule. Je n'aimais pas ça du tout, et je n'aime toujours pas, mais c'est mieux que de dépendre totalement de mes parents… ou que de mourir.

La seule chose que je ne ferai jamais, c'est de me piquer devant mes nouvelles amies de Stonebrook. C'est trop intime. En vérité, à chaque piqûre, j'ai l'impression d'être quelqu'un de très malade. Juste quelques instants. Et je ne veux pas que mes amies ressentent la même chose.

Avant d'avoir du diabète, j'avais la belle vie. Je suis fille unique. Depuis toujours, j'habitais un vaste appartement dans un bel immeuble neuf à New York. Les fenêtres de ma chambre donnaient sur Central Park. J'étais inscrite dans une école privée. Je n'avais pas d'animaux chez moi et, comme je vous l'ai dit, ni frère ni sœur, mais je ne me sentais pas seule. J'avais beaucoup de copines, à l'école et dans mon immeuble, et je pouvais les inviter autant que je voulais. Mes parents sont plutôt sympas – un peu trop sur mon dos peut-être, mais c'est tout. Ils me laissaient m'habiller comme je voulais, sortir avec mes amies après l'école, et écouter de la musique à fond, du moment que les voisins ne venaient pas se plaindre.

Juste avant qu'on découvre ma maladie, mes parents ont eux aussi appris quelque chose : ils ne pourraient pas avoir d'autres enfants. C'est alors que mon diabète s'est déclaré. Et si je mourais ? Ils ne m'auraient plus et ils n'auraient pas d'autre enfant non plus. Tout à coup, ils devaient envisager de ne plus avoir d'enfant du tout. C'était triste. Résultat : ils devinrent les parents les plus surprotecteurs de la Terre… et pas seulement pour la nourriture et l'insuline ! Ils commencèrent à s'inquiéter dès que j'étais sortie. Ma mère téléphonait chez mes copines pour s'assurer que tout allait bien. Elle appelait même à l'école, jusqu'à ce qu'on lui dise qu'il y avait sur place une infirmière qualifiée. Puis le cirque commença avec les médecins. Mes parents étaient persuadés qu'ils allaient me trouver un remède miracle ou, du moins, un meilleur traitement. Ils savaient que j'avais du diabète, mais ils ne pouvaient pas l'accepter. « Aider Lucy », c'était leur nouveau but dans la vie.

Malheureusement, ils ne m'aidaient pas du tout. Je perdis rapidement mes amies, et manquer l'école chaque fois qu'il fallait aller voir un nouveau médecin n'arrangeait pas les choses. Laine Cummings se mit à me détester après la nuit où j'avais été malade dans son lit. Pourtant, depuis l'âge de cinq ans, nous étions inséparables. J'aurais peut-être dû lui dire la vérité mais, je ne sais pas pourquoi, mes parents cachaient ma maladie à leurs amis, et moi je faisais pareil.

Au début, je fis la même chose à Stonebrook. Depuis, j'ai avoué mon secret à Claudia, Kristy et Mary Anne. Mais Laine n'est toujours pas au courant et, même si ses parents sont les meilleurs amis des miens, ils ne savent rien non plus. Après tout, ça n'a plus d'importance maintenant.

Au début de ma maladie, je passais mon temps à l'hôpital. On me faisait des tas d'examens, il fallait mettre au point mon régime, doser l'insuline. Une fois, je me suis évanouie en classe, et une ambulance m'a conduite à l'hôpital. Si c'était arrivé à l'une de mes amies, je lui aurais téléphoné, envoyé des cartes postales et rendu visite dès son retour chez elle. Mais pas Laine. On aurait dit qu'elle avait peur de moi – elle le cachait en prenant de grands airs.

Mes autres amies avaient imité son attitude, car c'était Laine le chef de bande. A l'école, c'était de pire en pire. Je m'évanouissais de plus en plus souvent, ce qui semait une pagaille monstre à chaque fois, et toutes les semaines, je manquais au moins une matinée pour aller consulter tel ou tel médecin. Laine me traitait de bébé, de menteuse, de petite nature, et d'un tas d'autres noms qui laissaient entendre que mes parents et moi faisions beaucoup d'histoires pour rien. Mais, si elle pensait vraiment que ce n'était rien, pourquoi est-ce qu'elle ne venait plus à la maison ? Pourquoi ne sortions-nous plus ensemble ? Et pourquoi ne s'asseyait-elle plus à côté de moi en classe ? J'étais déboussolée, malheureuse et malade. Et, à cause d'elle, je n'avais plus d'amies. Je la détestais.

En juin, mes parents m'annoncèrent que nous allions déménager et quitter New York pour le Connecticut. Je n'avais pas d'amies à Stonebrook, mais je n'en laissais aucune à New York, alors, ça n'avait pas d'importance. D'une certaine façon, mes parents partaient à cause de moi, pour quitter la ville, fuir l'air pollué, la poussière et le bruit, laisser derrière eux les jours difficiles et les mauvais souvenirs. Ils en faisaient trop, je le savais bien. Mais ça m'était égal.

*« Non, s'écria Claudia. Non, Kristy ! Ça ne va plus... faire faire les devoirs et donner notre boulot à d'autres, pas question. Si le club doit devenir comme ça, je ne veux plus en faire partie. »*

# 3

J'aurais pu ressasser cela toute la soirée, mais soudain, mes pensées ont dérivé vers un sujet bien plus passionnant : les garçons.

Tous les garçons que je connais sont intéressants, mais il y en a deux que j'aime vraiment bien. Le premier est le frère de Kristy, Charlie, celui qui a quatorze ans. Je sais que je lui ai plu dès la première fois que nous nous sommes vus.

Je gardais David Michael, leur petit frère, quand Charlie est rentré chez lui. Il est resté bouche bée quand il m'a vue dans la cuisine. Moi aussi, je l'ai trouvé chouette et ça m'a intimidée. Nous avons bien rigolé ce jour-là mais, depuis, rien. Je ne sais pas pourquoi. Je n'ai pas changé, je n'ai rien fait qui puisse lui déplaire, et bien que j'aille parfois chez Kristy dans l'espoir de le voir, ça n'accroche pas. Je suis peut-être trop jeune pour lui. Mais ça ne m'empêche pas de dormir, malgré tout.

J'ai un petit ami, ou presque, en cinquième avec moi. Il s'appelle Peter Black. On mange ensemble à la cantine avec Claudia et d'autres copains qu'elle m'a présentés. Il ne s'est rien passé de spécial entre Peter et moi, jusqu'à ce qu'il m'invite – il y a quelques semaines – au bal que le collège organise pour Halloween. C'était super. Maintenant on s'assoit toujours l'un à côté de l'autre à la cantine et, quelquefois, il me téléphone le soir, juste pour discuter.

J'entendis ma mère frapper à la porte. Je n'avais pas vraiment envie de lui parler.

– Est-ce que je peux entrer ? demanda-t-elle. Tu te sens bien, mon ange ?

Elle avait posé la question, avant même de s'asseoir sur mon lit.

– Oui, ça va.

– Tu n'as pas mangé grand-chose ce soir.

– Je n'avais pas faim.

Elle eut l'air affolé.

– Tu n'as rien grignoté chez Claudia, au moins ?

– Mais maman, bien sûr que non !

En fait, j'ai droit à une certaine quantité de friandises par jour. Je dois en manger un minimum, pour maintenir ce difficile équilibre entre alimentation et insuline. Mon régime est si strict pourtant, que je ne peux pas grignoter comme j'en ai envie. Par exemple, je ne peux pas, tout à coup, dévorer un Mars chez Claudia et m'injecter plus d'insuline pour compenser. En fait, ce serait le meilleur moyen pour me rendre malade. Vous comprenez donc pourquoi ma mère paniquait.

« Mais, bon sang, est-ce qu'elle ne peut pas me faire confiance ? Je n'ai aucune envie d'être malade », pensai-je.

– Ma chérie, je voulais juste savoir… tu te sens vraiment bien ?

– Impec.

– Mais tu as perdu un kilo et demi !

– Je n'y peux rien. Je me dépense plus depuis quelque temps. On peut peut-être augmenter les rations de mon régime ?

– Tu as tout le temps faim ?

– Pas tout le temps. Pas comme avant de savoir que j'avais du diabète. Mais parfois, le temps me semble très long entre deux repas.

– Pourtant, ce soir tu n'avais pas faim.

– Non… (Je n'avais pas envie de parler du club.)

– J'appellerai le médecin lundi.

– Lequel ?

La spécialiste qui s'occupe de moi, le Dr Werner, a son cabinet à New York. Mais j'ai aussi un médecin ici, le Dr Frank. Les deux sont sympas, mais je préfère le Dr Werner.

– J'appellerai le docteur Frank, dit ma mère, ce n'est pas la peine de déranger le docteur Werner.

Je hochai la tête.

Ma mère ouvrit la bouche pour dire quelque chose, puis se ravisa. Après quelques secondes de silence, elle reprit :

– Je voulais juste te dire…

J'eus un mouvement de recul.

– … Je veux que tu saches que nous avons prévu une série d'examens avec un nouveau spécialiste, à New York, début décembre. C'est quelqu'un dont ton oncle Erik a entendu parler à la télé.

– On va voir un médecin parce qu'Erik en a entendu parler à la télé ? m'exclamai-je.

– Ma chérie, il paraît qu'il fait des miracles pour le diabète. C'est quelqu'un de très réputé, on parle beaucoup de lui depuis quelque temps.

– Le docteur Werner est au courant ? Et le docteur Frank ?

– Non.

– Mais pourquoi, maman ? Pourquoi est-ce que je dois aller voir un autre médecin ? Je ne peux me soigner qu'en suivant un régime et en m'injectant de l'insuline, il n'y a pas d'autre moyen.

– Ils n'arrêtent pas de faire de nouvelles découvertes, Lucy, dit ma mère tranquillement. Ton père et moi, nous ne voulons que ton bien. On n'en aura que pour trois jours.

– Trois jours ! Tu sais combien de fois j'ai manqué l'école ? Et à chaque fois, c'était pour rien. Quand j'étais en sixième, ma moyenne n'a pas arrêté de baisser. Maintenant que je suis dans une nouvelle école, loin de New York, vous voulez me ramener là-bas et me gâcher la vie ? Maman, c'est pas juste !

– Hé, hé. Que se passe-t-il ici ?

Mon père passa la tête dans l'embrasure de la porte.

– Les docteurs, papa. Encore de nouveaux. Je veux bien aller voir le docteur Werner à New York, mais arrêtez de vouloir me faire croire aux miracles. Si vous, vous y croyez, ok, mais pas moi.

– Lucy, dit mon père, je n'apprécie pas le ton sur lequel tu nous parles.

Je ne lui répondis pas.

– Si nous faisons ça, c'est parce que nous t'aimons, continua ma mère.

– Nous voulons ce qu'il y a de mieux pour toi, ajouta mon père.

– Je sais.

– Je te parlerai de ce nouveau médecin une autre fois, décida ma mère.

Au moment où ils quittaient ma chambre, le téléphone sonna. Mon père alla décrocher et cria :

– Lucy ! c'est pour toi.

Je pris la communication dans leur chambre.

– Allô ?

J'espérais que c'était Peter Black, ou encore Charlie Parker. C'était Kristy.

– Salut, me répondit-elle d'une voix pas très gaie. J'ai réfléchi.

– Allons bon ! Au club, je suppose ?

– A quoi d'autre ? Nous n'avons pas assez discuté à la réunion d'aujourd'hui. Il faut qu'on en organise une autre pour prendre des mesures.

– Super ! Je ferais n'importe quoi pour le club.

– Ah ! Merci bien, dit Kristy, un peu moins découragée.

– Je ne veux pas qu'il arrive quelque chose au club.

Si seulement elle avait su à quel point j'étais de son avis.

– Demain, onze heures, au quartier général du club. (Bien entendu, elle faisait allusion à la chambre de Claudia.)

– A demain, dis-je en raccrochant.

Je pensai encore longuement au club avant de m'endormir ce soir-là.

Le lendemain, Kristy était en pleine forme. Je ne l'avais encore jamais vue comme ça. D'abord, au lieu de s'asseoir par terre, comme à son habitude, elle s'était assise bien droite sur la chaise de Claudia. Elle tenait à la main un bloc-notes et avait un crayon derrière l'oreille. Mary Anne, installée dans un fauteuil, échangea des regards avec Claudia et moi, qui étions sur le lit. L'excès de zèle de Kristy les faisait rire. Pas moi.

– Passons à l'ordre du jour, déclara soudain Kristy.

Mary Anne et Claudia se calmèrent.

J'étais impatiente d'entendre la suite.

– J'ai dressé une liste des différentes façons d'améliorer notre image auprès des gens. Premièrement, nous aiderons les enfants que nous gardons à faire leurs devoirs, sans exiger un sou de plus. Comme ça, les parents en auront plus pour le même prix.

Claudia rouspéta :

– Je déteste les devoirs.

– Tu veux qu'on perde des baby-sittings au profit de Liz et de Michelle ? demanda Kristy d'un ton sec.

– Non, grommela Claudia.

– Deuxièmement, continua Kristy, nous ferons des offres spéciales à nos meilleurs clients.

Je hochai la tête vigoureusement.

– Troisièmement, chacune de nous fabriquera un coffre à jouets. Chaque fois, nous l'apporterons chez les petits que nous gardons.

– Qu'est-ce que tu entends par coffre à jouets ? demanda Claudia.

– J'allais l'expliquer, continua Kristy. C'est un truc qui non seulement nous fera passer pour des baby-sitters consciencieuses, mais qui, en plus, fera plaisir aux enfants. Vous savez bien qu'on trouve toujours tout beaucoup mieux chez les autres !

– C'est vrai ! m'exclamai-je. A New York, j'avais une amie, Laine. J'adorais aller chez elle parce que sa mère achetait des Kinder, qu'elle gardait au frigo. Quand j'en mangeais, on aurait dit des glaces au chocolat au…

Je stoppai net, car Claudia, Kristy et Mary Anne me dévisageaient toutes les trois.

– Oh, c'était avant que je sois malade, ajoutai-je. Mais je vois ce que tu veux dire.

– Ce qu'on aime, en fait, c'est le changement ! résuma Kristy en souriant. Pour rendre un enfant heureux, rien de tel que de lui apporter de nouveaux jouets. Pas forcément neufs, mais nouveaux pour lui et faits pour jouer avec, juste quand on sera là. Les enfants nous réclameront pour notre petite boutique de jouets ambulante. Et ils n'auront pas envie qu'on parte, ce qui sera bon signe aux yeux des parents. Chacune de nous va décorer une boîte et la baptiser « coffre à jouets ». Quand on fera du baby-sitting, on aura des jeux, des jouets, des livres, du papier, des crayons, qu'on remplacera de temps en temps. Je suis sûre que les enfants adoreront.

– C'est une idée géniale ! m'exclamai-je.

– J'ai pensé à deux autres trucs, poursuivit Kristy.

Elle marqua une pause et je vis que Claudia la regardait avec sévérité.

– D'abord, on va baisser un peu les tarifs – nouveau grognement de Claudia – juste un peu, pour embarrasser les filles de l'agence.

– Mais nous ne savons même pas combien elles prennent ! protestai-je.

– On va le savoir bientôt, ajouta Kristy.

– Enfin, on va faire comme l'agence : travailler plus tard le soir ou faire appel à des gens un peu plus âgés que nous. Samuel et Charlie gardent des enfants parfois et Jane pourr…

– Non ! s'écria Claudia. Non, Kristy ! Ça ne va plus ! Le coffre à jouets est une bonne idée, mais baisser les prix, faire faire les devoirs et donner notre boulot à d'autres, pas question. Si le club doit devenir comme ça, je ne veux plus en faire partie.

– Moi non plus, avoua Mary Anne doucement.

Ne plus faire partie du club ? Sans Claudia et Mary Anne, le club n'existerait plus. Elles ne voulaient quand même pas ça ! Qu'est-ce que je deviendrais sans le club ? Discuter avec Peter au téléphone, c'était bien, manger en bande à la cantine aussi, mais tous ces copains n'étaient pas de vrais amis, comme Claudia, Kristy et Mary Anne. J'avais besoin du club et je le disais :

– Je ne veux pas que le club disparaisse. Nous devons prouver à l'agence que nous pouvons réussir aussi.

– D'accord, approuva Claudia, mais pas avec les méthodes que tu proposes, Kristy. C'est… c'est… quel est le mot déjà ?

– Humiliant, suggéra Mary Anne.

– Oui, c'est ça, humiliant !

– Alors qu'est-ce que vous proposez, puisque vous en savez tant ? lâcha Kristy d'un ton sec.

– Moi, je retiendrais deux de tes idées, fit Claudia. Le coffre à jouets et les offres spéciales. On laisse tomber tout le reste, surtout la cinquième proposition.

– Bon.

Kristy soupira.

Elle me jeta un regard désemparé. Je haussai les épaules. Elle savait que j'étais de son côté, mais il ne fallait pas en faire trop.

– Allez, commençons les coffres tout de suite, proposa Claudia. On va s'amuser ! Allez chercher un carton ou une grosse boîte chez vous et revenez ici. J'ai des pastels, du tissu, de la peinture, tout ce qu'il faut pour les décorer. (Claudia adore tout ce qui est artistique.)

– On va faire les plus beaux coffres de la terre ! dis-je, feignant l'enthousiasme. C'est nous les meilleures baby-sitters de toute la planète. Au boulot !

*« J'avais repéré les barres de chocolat blanc et j'en avais l'eau à la bouche. Je fouillai dans ma poche. J'avais largement assez pour deux sucreries. »*

# 4

Le lundi suivant fut une belle et chaude journée. On se serait cru en mai, plutôt qu'à la mi-novembre. A quinze heures trente précises, avec mon coffre à jouets sous le bras, je sonnai chez Charlotte Johanssen.

Elle a sept ans et c'est un des enfants que je préfère, parmi ceux que je garde. Sa mère est médecin, son père ingénieur. Charlotte est fille unique. Elle est très intelligente, mais aussi super timide, elle n'a donc pas beaucoup d'amis. Je comprends qu'elle se sente seule parfois.

C'est sa mère qui m'ouvrit. Elle travaille au centre médical de Stonebrook.

– Comment tu te sens aujourd'hui ?

Elle me pose toujours cette question. Venant de quelqu'un d'autre, ça m'agace, mais pas de sa part.

– J'ai tout le temps faim, dis-je, et j'ai un peu maigri.

– Des problèmes avec l'insuline ou ton taux de sucre dans le sang ?

– Non. Je crois qu'il faut que je mange un peu plus. J'ai douze ans après tout !

– C'est plein de bon sens. Qu'est-ce que tu comptes faire ?

– Ma mère a appelé le docteur Frank aujourd'hui, mais elle n'a pas encore réussi à le joindre.

– Lucy ! Salut Lucy !

Charlotte apparut dans l'entrée, rayonnante. Elle est toujours contente de me voir.

– Salut, toi.

– Qu'est-ce que c'est que cette boîte ?

– Ah, c'est un truc spécial ! Je l'ouvrirai dès que ta maman sera partie.

– Allez maman, pars ! s'écria Charlotte.

D'habitude, elle ne veut jamais que ses parents s'en aillent, même quand c'est moi qui la garde.

– Ça a le mérite d'être clair, remarqua le Dr Johanssen en riant. Très bien, les enfants. J'espère que ma réunion ne durera pas trop longtemps. Je serai de retour vers cinq heures et demie.

– A plus tard, maman, dit Charlotte en poussant sa mère vers la porte.

– Alors ? me demanda-t-elle.

– Laisse-moi juste enlever ma veste.

Je la suspendis dans le hall, tandis que Charlotte sautait impatiemment d'un pied sur l'autre. Puis nous nous sommes assises par terre dans le salon.

– Tu peux lire ce qui est écrit là ? demandai-je en lui montrant le couvercle de la mallette.

Elle se pencha pour mieux voir.

– « Coffre à jouets », lut-elle très vite. C'est joli !

J'avais recouvert ma boîte de tissu bleu à petites fleurs et collé une frise blanche tout autour. Et j'avais découpé des lettres dans de la feutrine verte.

– Je l'apporterai avec moi chaque fois que je viendrai te garder, il y a plein de trucs rigolos là-dedans.

– Ce que c'est chouette ! s'exclama Charlotte gentiment en sortant les objets un à un de la boîte. Des Schtroumpfs, une poupée Barbie, un album illustré. De quoi ça parle, ce livre ?

– Je crois que tu vas aimer. C'est l'histoire d'un criquet qui se retrouve au milieu de New York, où il fait la connaissance d'une souris, d'un chat et d'un petit garçon. Après celui-là, on pourrait lire *Une balade à la campagne* et *Félix le chat*, ce sont d'autres histoires d'animaux.

– D'accord, approuva Charlotte en continuant à déballer crayons, craies, papier à dessin, puzzles, albums à colorier…

– On peut faire ce que tu veux, dis-je, mais j'ai une autre idée.

– Quoi donc ?

– On pourrait aller faire un tour en ville, il fait tellement beau. On regarderait les vitrines, on irait voir ce qui passe au cinéma et au retour, on pourrait s'arrêter au square en face de l'école.

Charlotte hésitait. Elle jeta un coup d'œil dehors, contempla encore une fois les jouets, puis leva les yeux vers moi.

– On sort, finit-elle par dire, mais si tu me promets de rapporter ton coffre.

Je promis la main sur le cœur.

De chez Charlotte, on est à dix minutes du centre en se pressant, et à moins d'une demi-heure en flânant. Nous avons décidé de prendre notre temps.

En chemin, Charlotte ramassa quantité de glands.

– Je dois faire des provisions, m'expliqua-t-elle, car si j'ai un écureuil un jour, il faudra bien que je lui donne à manger.

– Qu'est-ce que tu ferais d'un écureuil ?

– Je lui parlerais.

– Mais tu as déjà Puppy. Tu peux lui parler.

Puppy est le chien des Johanssen.

– Ce serait bien d'avoir quelqu'un d'autre à qui parler.

– Mais tu n'as pas d'amis, Charlotte ?

Elle secoua la tête. Je l'observai. C'est une jolie petite fille – des cheveux châtains, de grands yeux noirs et d'adorables fossettes – intelligente, gentille comme tout. Alors, d'où venait le problème ? Pourquoi n'avait-elle pas d'amis ?

– Les autres enfants ne m'aiment pas, et moi, je ne les aime pas non plus.

– Les enfants de ta classe ? Et pourquoi tu ne les aimes pas ?

– Parce qu'ils ne m'aiment pas.

– D'accord. Mais pourquoi est-ce qu'ils ne t'aiment pas ?

Charlotte haussa les épaules. Elle me tendit sa petite menotte, et mit un pouce dans sa bouche. Nous avons marché en silence jusqu'au centre-ville.

– Qu'est-ce qu'on fait ? demandai-je.

Charlotte retrouva la parole. Elle retira son pouce de sa bouche.

– On va chez la marchande de bonbons !

– D'accord !

La confiserie est une belle boutique. Elle est même beaucoup mieux que toutes celles que je connais à New York. Je comprenais pourquoi Charlotte voulait y aller. C'était comme dans un conte de fées. Mais je n'aime pas la marchande, qui doit avoir pas loin de cent ans. Sa sœur cadette, qui a l'air aussi vieille qu'elle, lui donne un coup de main. Quand des enfants entrent, elles les suivent du regard et ne les lâchent plus jusqu'à ce qu'ils ressortent. Mais nous étions prêtes à affronter les deux dragons ! De loin déjà, nous parvenait une délicieuse odeur de chocolat.

– C'est divin ! m'exclamai-je.

– Oh ouais, divin, répéta Charlotte. C'est déjà Noël ? s'étonna-t-elle, en arrêt devant la vitrine.

Fascinée par le sapin, le père Noël et les cadeaux, elle était à la fois rêveuse et perplexe.

– Lucy, c'est dans combien de jours Noël ?

– Dans cinq semaines environ. Mais les magasins s'y préparent longtemps à l'avance. Viens, entrons !

Je fus soulagée de voir qu'il y avait du monde dans la petite boutique. Les deux sœurs étaient occupées avec d'autres clients. Comme ça au moins, elles nous ficheraient la paix.

A l'intérieur, des millions d'odeurs se mêlaient : gingembre, cannelle, réglisse, pain d'épices, framboises, amandes grillées, raisins secs, cerises, barbe à papa… l'air était enivrant. C'était trop tentant ! Un peu de chocolat blanc ne pouvait pas me faire de mal…

– Regarde, Lucy ! s'écria Charlotte.

Elle courut vers une vitrine où étaient exposées des maisons en pain d'épice, avec un glaçage en sucre et des décorations en bonbons.

– Oh, des lutins ! Et des souris ! Regarde tous ces petits personnages dans les maisons… Oh !

Elle me tira vers les bocaux de bonbons : caramels, berlingots, bâtons de réglisse, bonbons à la menthe…

– Lucy, s'il te plaît, juste un petit truc ! Un chacune ! implora Charlotte.

J'avais repéré les barres de chocolat blanc et j'en avais l'eau à la bouche. Je fouillai dans ma poche. J'avais largement assez pour deux sucreries.

– S'il te plaît !

Je sortis l'argent et le posai sur le comptoir. C'est alors que la pendule sonna. Ce fut comme une révélation. Lentement, je me forçai à remettre l'argent dans ma poche et respirai un grand coup. Je n'arrivais pas à croire à ce que j'avais failli faire.

– C'est pas raisonnable, dis-je. Tu n'aurais plus faim à table et ta maman n'aime pas trop que tu manges des bonbons.

– Je sais, fit Charlotte. Je pensais juste...

– J'en avais envie moi aussi, mais tu n'es pas la seule qui ne doives pas manger de bonbons. Viens, on s'en va !

Nous sommes sorties de la confiserie. Charlotte regarda avec envie par-dessus son épaule.

– On a le temps de passer au square avant de rentrer, proposai-je.

– Super !

Le jour baissait, mais nous avions encore dix bonnes minutes devant nous. En arrivant, je vis que quelques enfants étaient encore en train de jouer.

– Viens, Charlotte, dis-je.

Mais elle s'arrêta net.

– Non !

– Mais si ! Il ne fait pas encore nuit et il y a d'autres enfants.

– Non ! Je veux rentrer à la maison.

Mais c'était trop tard : les autres l'avaient déjà aperçue.

– Hé, c'est Lolotte, cria l'un d'eux.

– Hé, le chouchou de la maîtresse, fiche le camp !

– Ouais, fiche le camp et ne reviens plus !

– Oh, le chouchou, le chouchou...

– C'est pas vrai, je ne suis pas le chouchou de la maîtresse ! hurla Charlotte.

Et elle se mit à courir loin du square.

– Hé, attends-moi, Charlotte !

Je la rattrapai en quelques enjambées.

– Va-t-en !

– Mais c'est moi, Lucy. Je ne peux pas m'en aller. Je suis ta baby-sitter. Je dois rester avec toi.

Charlotte marchait droit devant elle, le menton en avant. De grosses larmes roulaient sur ses joues.

– Ils t'ont embêtée parce que tu es avec une baby-sitter ?… Charlotte ?

Je marchais à ses côtés.

– Non, dit-elle en reniflant, ils ne savent pas qui tu es.

– Pourquoi est-ce que tu es fâchée contre moi ?

Elle s'arrêta.

– Je ne suis pas fâchée contre toi.

– Tu es un peu triste parce qu'ils t'ont embêtée, alors ? Pourquoi est-ce qu'ils font ça ?

– J'en sais rien.

– Ils t'appellent le chouchou de la maîtresse ?

– Je ne veux pas en parler.

Nous approchions de chez elle. Elle avait séché ses larmes et tenait à nouveau ma main. Soudain elle poussa un petit cri et me montra quelque chose.

– Regarde ça !

La nuit était tombée et, dans l'obscurité, je n'aperçus qu'un gros bouquet de ballons qui descendaient la rue dans notre direction. Sous le bouquet dépassait une paire de jeans.

Je plissai les yeux.

Tenant bien serrée une poignée de ficelles, il y avait une jolie fille, un peu plus âgée que moi, grande, très mince, avec un pull que j'aurais bien aimé avoir. Elle prit un ballon qu'elle tendit à Charlotte, puis elle se tourna vers moi.

– Je suis Liz Lewis, la présidente de l'Agence de baby-sitters. Si tu as besoin de quelqu'un pour garder ta petite sœur, n'hésite pas à m'appeler.

Charlotte pouffa de rire.

– Mon numéro de téléphone est sur le ballon, tchao !

Un frisson me parcourut l'échine et je me mis à trembler de la tête aux pieds. Charlotte tenait le ballon entre ses mains. Elle lut lentement :

– Agence de baby-sitters. Appelez Liz Lewis au 5-1162 ou Michelle Patterson au 5-7548.

Elle leva les yeux vers moi.

– D'autres baby-sitters ? C'est quoi une agence, Lucy ?

– C'est une longue histoire. Viens, rentrons.

Je savais que ce soir, j'allais avoir une longue conversation téléphonique avec Kristy.

*« Le lendemain, il s'est passé un truc super qui nous a détournées de nos soucis, puis un autre truc beaucoup moins rigolo, qui nous y a ramenées très vite. »*

# 5

Dimanche 23 novembre

Ça fait presque une semaine que Liz Lewis et Michelle Patterson ont distribué leurs prospectus. D'habitude, au club, nous avons quatorze ou quinze appels par semaine. Depuis lundi dernier, nous n'en avons eu que neuf. C'est pourquoi j'écris dans le journal qui doit relater nos expériences de baby-sitters, afin que chaque membre du club en tire profit. L'Agence de baby-sitters est le plus gros problème que nous ayons rencontré jusqu'à présent, et je tiens à le mentionner dans notre journal. Nous devons faire quelque chose, et vite!

Kristy était inquiète. Elle considérait les ballons comme une offense personnelle. Ce jour-là, elle aussi s'était retrouvée nez à nez avec Liz. Elle avait eu le courage de dire qui elle était – la présidente du Club – c'est-à-dire l'ennemie numéro un de Liz. D'après Kristy, elles avaient eu des mots, ce qui veut dire qu'elles avaient eu une discussion. Mais quand j'ai parlé à Kristy au téléphone ce soir-là, elle n'a su me dire qu'une seule chose :

– Pourquoi on n'y a pas pensé nous-mêmes, aux ballons ? Pourquoi donc ?

Le lendemain, il s'est passé un truc super, qui nous a détournées de nos soucis, puis un autre truc beaucoup moins rigolo, qui nous y a ramenées très vite.

Toutes les quatre, on était rentrées ensemble de l'école. Claudia devait travailler pour son cours de dessin et Mary Anne faire un gâteau pour l'anniversaire de son père, qu'elle devait fêter avec la famille de Kristy, qui comprenait également Jim, le futur beau-père de Kristy, et ses deux jeunes enfants.

– Tu veux venir un peu à la maison ? me demanda Kristy, après le départ de Claudia et de Mary Anne.

Aucune de nous ne devait garder d'enfants cet après-midi-là.

– Avec plaisir, répondis-je, dans l'espoir de voir Charlie, ne serait-ce qu'un instant.

Kristy prit la clé de chez elle dans sa poche. Depuis que ses parents ont divorcé et que Mme Parker travaille à plein temps, Kristy est souvent la première à rentrer à la maison l'après-midi. En mettant la clé dans la serrure, elle constata que la porte était ouverte.

– C'est curieux, murmura-t-elle. J'espère que David Michael n'est pas déjà là : il a horreur d'être dans une maison vide !

Nous sommes entrées. A notre grand étonnement, la mère de Kristy nous accueillit.

– Maman ! Qu'est-ce que tu fais là ? s'exclama Kristy.

Mme Parker sourit.

– Bonjour les filles. Regardez qui j'ai avec moi !

Assis à la table de la cuisine, il y avait Simon Newton. Il buvait du lait et coloriait un album.

– Simon ! Salut ! avons-nous lancé en chœur.

– Coucou ! répondit joyeusement Simon.

– Qu'est-ce que tu fais ici ? lui demanda Kristy.

Il jeta un coup d'œil à Mme Parker.

– Vas-y, Simon, dis-leur, l'encouragea-t-elle.

– Ma maman va avoir son bébé, annonça-t-il, elle est à l'hôpital.

– Le bébé ? Maintenant ? fit Kristy consternée.

– Je sais que vous aviez des projets pour aider les Newton, continua sa mère, mais le bébé a commencé à bouger en fin de matinée. Il y a quelques semaines, les Newton m'avaient demandé si je pourrais garder Simon, au cas où le bébé naîtrait la nuit ou pendant que vous seriez en classe. J'avais accepté avec plaisir. Quand monsieur Newton m'a appelée au bureau pour me dire qu'il devait conduire sa femme à la maternité, je lui ai dit de déposer Simon en passant. Il a travaillé avec moi aujourd'hui. N'est-ce pas, Simon ?

Il acquiesça, très fier.

– Il a fait un dessin pour le bébé, lu plein de livres et s'est amusé avec la photocopieuse.

Elle regarda sa montre.

– Maintenant, je vais vous confier Simon et retourner travailler un moment.

J'avais l'impression que Mme Parker n'avait pas pu faire grand-chose aujourd'hui.

– Mais maman, attends ! Et le bébé ?

– Monsieur Newton m'a promis de téléphoner dès que le bébé serait né. Il sait qu'après quinze heures, il doit appeler ici.

– Ça prend combien de temps pour avoir un bébé ? demanda Kristy.

Sa mère sourit.

– Ça dépend des bébés. Toi, il t'a fallu vingt-quatre heures.

– Vingt-quatre heures ! s'écria-t-elle. Oh, non, je ne pourrai pas attendre aussi longtemps.

– Ce bébé-là sortira peut-être plus vite. Simon va rester avec nous jusqu'à ce que son père revienne de la maternité. Au fait, je vous paierai comme baby-sitters pour cet après-midi.

Mme Parker embrassa Kristy et nous fit un signe de la main, à Simon et à moi. Puis elle partit.

– Ce n'est pas comme ça que j'imaginais les choses, remarqua Kristy. Mais c'est plutôt excitant.

– Plutôt ! Hé, où sont tes frères ?

– Tu veux dire Charlie, se moqua Kristy.

– Euh… Oui…

– Ah, mais j'y pense, aujourd'hui, c'est lundi. C'est le jour où Samuel garde David Michael. Je parie qu'il est allé le chercher à l'école et qu'il l'a emmené avec lui au cours de judo. Charlie doit être avec eux.

– Alors, Simon ? dit Kristy. Tu vas être grand frère dans pas longtemps, hein ? Tu dois être drôlement fier !

Simon haussa les épaules et continua son coloriage.

– Qu'est-ce que tu préfères ? Un petit frère ou une petite sœur ? lui demandai-je.

– Un petit frère.

Il haussa à nouveau les épaules.

– Tu sais quoi ! proposai-je, sans trop savoir d'où me venait l'idée. C'est si important de devenir grand frère, qu'on va organiser une fête en ton honneur.

Il me regarda avec de grands yeux. Kristy comprit tout de suite à quoi je pensais.

– Nous allons faire ça cet après-midi. Une fête spéciale, pour notre grand frère préféré... toi.

– Une fête pour moi ? répéta Simon.

– Ouais. On va inviter plein de monde, ajoutai-je. Kristy, tu crois que ta mère sera d'accord ?

– Je pense que oui.

Aussitôt, je me précipitai sur le téléphone. Dix minutes plus tard, tout le monde était prévenu.

– Claudia arrive, Mary Anne va laisser sa pâte à gâteau en plan, Charlotte vient aussi et Mallory Pike va nous emmener Claire et Margot. (Les Pike ont huit enfants. Mallory a dix ans, Claire et Margot chacune quatre et six ans.)

– Super ! cria Kristy.

Elle farfouillait dans la cuisine et avait sorti un paquet de bonbons, des pommes, du jus de fruits et une barre de céréales (pour moi, sans doute).

– Simon, qu'est-ce que tu as envie de faire pour ta fête ? Des jeux ?

Elle se mit à couper les pommes. Simon approuva.

– Quels jeux ? demandai-je.

Simon eut l'air ébahi.

– Mets un disque et pose un tapis de bain par terre, m'ordonna Kristy. On va jouer au tapis musical, c'est plus facile que les chaises musicales, je t'expliquerai après.

– D'accord. Nous pourrons aussi faire une course avec un œuf dans une cuillère. Et les enfants pourront faire un concours de masques en papier.

– Bonne idée. Quand il sera temps de calmer tout le monde, Mary Anne pourrait lire *Le Livre de la jungle*. Elle est très drôle, quand elle imite toutes les voix.

– Oh là là ! Oh là là ! s'exclamait Simon.

Claudia arriva à ce moment-là, suivie de Charlotte. Puis ce fut le tour des Pike. Juste après l'arrivée de Mary Anne, Samuel entra avec David Michael. J'étais tellement excitée par cette fête, que je ne regrettais qu'un tout petit peu l'absence de Charlie.

Les petits, tout énervés, s'étaient réunis dans le salon, que j'avais décoré en vitesse avec du papier crépon orange. Les membres du club admirèrent mon travail. Mais Charlotte restait toute seule dans son coin.

– Ça va ? lui demandai-je.

Elle fit oui timidement.

– Pourquoi tu ne viens pas avec moi ?

Je la conduisis vers le groupe d'enfants.

– Voici Simon. Tu le connais, n'est-ce pas ? C'est notre invité d'honneur. Il va bientôt être grand frère.

Simon était fou de joie.

– Faites de la place pour le goûter ! cria Kristy, qui arrivait de la cuisine avec un plateau, suivie de Samuel, qui portait des assiettes en carton et des gobelets en plastique. On goûte d'abord, on joue après ! annonça Kristy.

Elle se tourna vers Mary Anne, Claudia et moi :

– On enlève tout dans vingt minutes, sinon ils ne mangeront rien au dîner.

Chacun se servit. Claudia posa une couronne en papier sur la tête de Simon. Au bout de vingt minutes, nous avons rapporté les restes du goûter à la cuisine. Puis nous avons commencé à jouer. Charlotte ne voulut participer ni au jeu du tapis ni à la course aux œufs, mais elle accepta de se joindre au concours de masques. Claudia venait juste de remettre les prix aux enfants (chacun d'eux recevait quelque chose), quand le téléphone sonna.

– Kristy ! (La voix de Samuel venait de la cuisine.) Téléphone ! C'est monsieur Newton !

– Youpie ! s'exclama Kristy.

– Simon, c'est ton papa ! Viens ! criai-je.

Tous les invités se ruèrent dans la cuisine. Samuel s'enfuit en voyant débarquer tout ce monde. Kristy attrapa le téléphone.

– Allô ?... Ça y est ?... C'est super !... Combien... Ouah... Ouais. Il est là.

Elle tendit l'appareil à Simon.

– Ton papa veut te parler.

– Allô, papa ?... Bon... On fait une fête... D'accord.

Kristy reprit le téléphone, félicita M. Newton, raccrocha et se tourna vers nous.

– Qu'est-ce que c'est ? demandai-je avec impatience.

– C'est…

– Une fille, annonça Simon tranquillement.

Tout le monde se mit à pousser des cris de joie.

– Elle pèse quatre kilos, ajouta Kristy, et elle s'appelle Lucy Jane.

Nouveaux hurlements. Au milieu de l'agitation générale, je constatai que Simon avait disparu. Je me précipitai dans la salle de bains. Personne. Comme une folle, je grimpai au premier. Je finis par le trouver, en larmes, assis dans la buanderie à côté de Foxy, le chien de Kristy. Je me glissai à côté de lui.

– Qu'est-ce qui ne va pas, grand frère ?

– Le bébé est arrivé.

– Et tu aurais préféré un petit frère, hein ?

Simon haussa les épaules.

– Tu n'aimes pas son prénom ? C'est joli, Lucy Jane.

– Ça va.

– C'est un grand changement ?

– Ouais, dit Simon, mais c'est pas ça qui m'inquiète.

– Qu'est-ce que tu veux dire ?

– Il va y avoir plein d'autres changements. Kristy ne pourra plus venir me garder.

– Comment ça ?

Je ressentis à nouveau un frisson.

– Maman a téléphoné à une fille et elle lui a dit : nous voudrions une baby-sitter plus âgée pour le nouveau-né.

– C'était pas une fille qui s'appelait Liz Lewis ?

– Je crois… mais… mais…, il se remit à pleurer. Moi, c'est Kristy que je veux.

Je le pris sur mes genoux et le consolai. J'essayais de rester calme et de raisonner de manière logique. Simon n'avait que trois ans. Il avait seulement entendu des bribes de conversation au téléphone. Il n'était même pas sûr qu'il s'agissait de Liz Lewis. En plus, même si Mme Newton avait parlé de baby-sitters plus âgées, elle n'avait pas dit qu'elle ne ferait plus appel au club.

Mais pourquoi avais-je l'impression d'avoir un bloc de glace au fond de l'estomac ? J'aurais dû me douter que Mme Newton chercherait quelqu'un de plus âgé que nous pour son bébé. Et Liz et Michelle pouvaient lui fournir ce quelqu'un, alors que le Club des baby-sitters en était incapable. J'avais l'impression que Mme Newton nous trahissait. Après tout, Kristy était la baby-sitter préférée de Simon et les autres membres du club s'occupaient de lui régulièrement. Nous saurions prendre soin d'un nourrisson. Nous avions la tête bien sur les épaules. Et j'étais prête à parier que les filles de l'agence, même si elles étaient plus vieilles que nous, n'étaient pas du tout responsables. Plus je pensais à ça et plus j'étais en colère.

Plus tard, après la petite fête, je répétai à Kristy ce que Simon avait entendu. Ça la laissa sans voix.

– Et tu sais quoi ? dis-je soudain, sentant la colère m'envahir de nouveau.

Kristy secoua la tête.

– Cette fois… C'est la guerre !

*« L'agence porta un nouveau coup au club. Je ne sais pas si Liz et Michelle s'en rendaient bien compte, mais elles avaient copié sur nous, en montant la même association que la nôtre... »*

# 6

J'étais bien décidée à partir en guerre contre l'Agence de baby-sitters. Kristy aussi. Nous étions prêtes à accepter la moindre de ses idées, mais Claudia nous freina, Mary Anne aussi et, tandis que nous perdions du temps à discuter, l'agence prit encore une longueur d'avance sur nous.

Nous n'avions pas pu nous réunir toutes après la fête. Kristy et Mary Anne devaient rester pour garder Simon et remettre un peu d'ordre chez les Parker. Nous n'avions donc pas eu l'occasion de parler de la décision de Mme Newton.

Le mardi, l'agence porta un nouveau coup au club. Je ne sais pas si Liz et Michelle s'en rendaient bien compte, mais elles avaient copié sur nous, en montant la même association que la nôtre et en lui donnant presque le même nom.

Mais je m'égare un peu. Le mardi matin, nous

nous sommes rendues à l'école toutes les quatre ensemble, ce qui était bien car, auparavant, nous y allions deux par deux : Kristy et Mary Anne d'un côté, Claudia et moi de l'autre. Les choses avaient changé lorsque Kristy avait commencé à s'intéresser un peu aux garçons, et que moi j'avais eu envie de ne pas avoir qu'une seule amie.

En arrivant au collège, nous sommes tombées sur l'Agence de baby-sitters au grand complet. Michelle et Liz recrutaient partout de nouvelles « collaboratrices » pour leur agence. Liz s'était postée sur les escaliers de l'entrée et distribuait ballons et prospectus. Mary Anne en prit un. Ce n'était pas le même que celui que Jane nous avait apporté. Elle le lut à haute voix.

– Voulez-vous gagner de l'argent rapidement et facilement ?

– Gagner de l'argent rapidement ! s'écria Kristy indignée. Cette Liz est vraiment tarée !

– Attends ! Écoute la suite. Rejoignez-nous, poursuivit Mary Anne. Vous faites le travail, mais c'est nous qui le trouvons !

Le prospectus expliquait ensuite comment fonctionnait l'agence.

C'était bien ce que Kristy avait imaginé après son coup de fil espion passé à Liz.

Nous devions admettre que le prospectus était bien fait : d'après ce qui était écrit, il suffisait de s'inscrire et d'attendre que Liz ou Michelle vous propose un baby-sitting. Bien sûr, pas question de garder pour soi tout l'argent gagné. Il fallait en reverser une partie à l'agence. Mais cette commission n'était rien par rapport à tous les bénéfices que l'agence était censée rapporter.

Mary Anne déchira rageusement le prospectus, puis le jeta à la poubelle.

– L'agence va recruter des centaines d'élèves de quatrième !

– Ouais, admit Claudia d'un air attristé. Liz et Michelle ont aussi une copine qui recrute des baby-sitters au lycée. Elles peuvent très bien trouver des élèves de terminale, qui ont le droit de sortir jusqu'à deux heures du matin !

– Ou même toute la nuit ! insista Mary Anne.

– Ou encore de garder des enfants tout un week-end, dis-je.

– Mais comment l'agence fait-elle pour savoir sur qui elle tombe ? remarqua Mary Anne. Elle peut très bien fournir une baby-sitter totalement irresponsable, qui fait ça juste pour l'argent.

– C'est vrai, approuva Kristy. Mais apparemment, Liz et Michelle s'en moquent, du moment qu'elles touchent leur pourcentage sur le travail des autres.

Nous sommes entrées dans le collège, déprimées, en prenant bien soin de ne pas regarder Liz au passage.

Je me souvins alors de ce que m'avait dit mon père l'année précédente, à l'hôpital. Je m'étais évanouie à la cantine de l'école, et absolument tout le monde m'avait vue tomber, le nez dans ma soupe à la tomate. « Le pire est passé. Maintenant, les choses ne peuvent aller qu'en s'arrangeant. »

C'était une bonne philosophie, et j'y avais souvent repensé depuis. Je répétai cette formule aux membres du club.

– C'est faux, affirma Kristy, d'un ton qui n'admettait pas de réplique.

– Quoi ?

– Elle a dit que c'était faux, répéta Claudia. Regardez !

En plein collège, on avait installé une sorte de comptoir derrière lequel on pouvait lire en lettres géantes :

AGENCE DE BABY-SITTERS

et, en plus petit :

*Inscrivez-vous ici*

Michelle Patterson et deux filles de quatrième assuraient la permanence. Un groupe de filles, ainsi que trois garçons, se pressaient autour du comptoir et posaient des questions à Michelle et à ses assistantes.

– Je me demande qui leur a permis de faire ça ! m'exclamai-je.

Claudia haussa les épaules.

– Allons aux toilettes, murmura Kristy très vite.

Nous y sommes allées à toute allure, en vérifiant bien qu'il n'y avait personne. Puis Kristy, qui jetait des regards furibonds à Claudia et Mary Anne, voulut prendre la parole.

Claudia l'en empêcha.

– Arrête ! Je sais ce que tu vas dire. D'accord, on avait tort. Qu'est-ce que tu comptes faire pour lutter contre l'agence ? On fera tout ce que tu voudras !

– Tout ? insista Kristy.

Elle nous dévisagea, l'une après l'autre.

– Super ! reprit-elle, parce que j'ai une nouvelle idée.

– Tu... tu as une nouvelle idée ? fit Claudia avec appréhension.

Kristy hocha la tête d'un air déterminé. Claudia jeta un regard en coin à Mary Anne et dit :

– C'est quoi ? J'ose à peine imaginer.

La sonnerie retentit. Kristy leur lança un regard plein de mystère.

– Pas le temps d'en parler maintenant. Je me fiche de ce que vous aviez prévu de faire après l'école, je convoque une réunion hyperurgente du club aujourd'hui même. Présence obligatoire de tous les membres.

– Pourquoi pas pendant la récréation ? proposa Mary Anne.

– Trop risqué, répliqua Kristy. Plus question de parler du club ici. L'agence pourrait nous espionner. Quelqu'un garde des enfants cet après-midi ?

Aucune d'entre nous n'était prise.

– Après l'école, c'est à moi de garder David Michael. On fera la réunion chez moi alors, d'accord ? dit Kristy.

– D'accord !

La réunion de l'après-midi reflétait notre découragement. Nous avions pris place autour de la table de la salle à manger, chez Kristy. Elle avait servi à goûter à Claudia et Mary Anne et nous avait versé à toutes du Coca light, mais personne ne mangeait, ni ne buvait. Nous étions plongées dans la contemplation de nos ongles. Claudia achevait de mettre en pièces une serviette en papier. A part Kristy, personne ne parlait.

– On verra mes autres idées plus tard, annonça-t-elle. Mais la nouvelle idée, c'est de recruter d'autres élèves de quatrième pour notre club. Nous aurons ainsi des baby-sitters plus âgées.

Elle regarda tout le monde.

– D'accord ?

Claudia, Mary Anne et moi avons hoché la tête en silence. Le club allait s'agrandir.

*“Le samedi était déjà bien avancé lorsque mes parents me donnèrent la véritable raison de ce changement de programme. C’est ce qui me mit tant en colère contre eux.”*

# 7

Je n’avais rien contre le fait de recruter des nouveaux membres pour le club, ce serait même l’occasion de me faire d’autres amies, mais je n’aimais pas du tout les raisons qui nous y poussaient. J’en voulais à Liz et Michelle de nous avoir fait du tort.

Le week-end arriva et j’étais d’une humeur massacrante, à cause de l’agence et aussi de mes parents. Ils m’avaient promis que nous irions à New York ce week-end-là, mais pendant la semaine, ils avaient changé d’avis.

– Profitons un peu de notre nouvelle maison, avait proposé ma mère. Papa fera du feu dans la cheminée, ce sera sympa.

Après tout, je n’avais rien contre. J’étais toute prête à me réjouir. En plus, il neigeait un peu.

Le samedi était déjà bien avancé lorsque mes parents me donnèrent la véritable raison de ce changement de programme. C'est ce qui me mit tant en colère contre eux.

Ils m'avaient emmenée au centre commercial, qui se trouve à une demi-heure de Stonebrook. Ça sentait déjà Noël. J'adore faire du shopping et je me faisais une fête de sortir et d'oublier l'agence. Kristy m'avait tout dit sur ce centre commercial : que c'était le plus grand de la région, avec cinq niveaux, des tonnes de restaurants et de fast-foods, quatre cinémas, un magasin d'animaux domestiques, etc. J'avais pris un peu d'argent de poche, gagné en faisant du baby-sitting, et je laissai un moment mes parents pour explorer le centre seule. J'achetai deux cadeaux de Noël – une paire de chaussettes rayées pour Claudia et un livre sur New York pour Mary Anne – et une broche en forme de dinosaure pour accrocher à mon béret. A treize heures, je retrouvai mes parents pour déjeuner, puis nous sommes allés voir un film. Deux heures plus tard, en sortant du cinéma, mon père proposa avec un large sourire :

– Si on allait boire quelque chose avant de rentrer à la maison ? On pourrait essayer le joli petit café du dernier niveau.

– Ouais, super ! dis-je.

Une fois attablé, mon père jeta un coup d'œil à ma mère puis s'adressa à moi :

– Écoute, ma chérie...

– Quoi ? demandai-je, tout de suite sur mes gardes.

– Nous avons du nouveau pour toi.

– Qu'est-ce que c'est ?

Ils se regardaient, comme s'ils n'arrivaient pas à décider lequel des deux devait prendre la parole. Je compris que ça devait être important et j'étais sûre que ça ne me plairait pas du tout.

– On ne va pas encore déménager, j'espère ?

– Heureusement que non ! s'exclama ma mère. Ce n'est pas exactement une mauvaise nouvelle.

Elle s'éclaircit la voix.

– Nous avons juste fixé la date des examens avec le nouveau médecin dont je t'ai parlé. Tu te souviens ?

– Ce ne sont pas des choses qui s'oublient.

– Ce sera un peu plus tard dans le mois que prévu.

– Aux alentours de Noël ? demandai-je, consternée.

– Nous partirions le vendredi 12 pour revenir le mercredi 17.

– Mais… mais ça fait cinq jours ! Tu avais dit seulement trois jours !

– Tu ne manqueras l'école que trois jours, me rassura mon père.

– Et je passerai cinq jours à l'hôpital ? Aller à l'hôpital, quand on se sent en bonne santé, ce doit être la chose la plus barbante du monde.

– Tu passeras un peu de temps dans la clinique de ce médecin, expliqua ma mère, mais tu ne dormiras pas là-bas… Le soir, on pourra sortir. Et on aura aussi tout le dimanche de libre. Comme ça, on pourra aller voir tes cousins et faire des courses pour Noël…

– En plus, poursuivit mon père en souriant, j'ai des billets pour la séance du dimanche du New York Magic Show.

Je redescendis sur terre d'un coup. Des billets pour un spectacle ne changeaient rien à ce qu'ils venaient de m'annoncer.

– Et que pense le docteur Werner de… quel est le nom de ce nouveau docteur ?

– Docteur Barnes, dit mon père.

– Que pense le docteur Werner de ce docteur Barnes, alors ?

– Il n'est pas au courant, répliqua ma mère.

– Maman ! j'aimerais bien en parler d'abord avec le docteur Werner.

– Lucy ! s'énerva mon père, ce n'est pas toi qui décides. C'est ta mère et moi.

– Mais ce sont des décisions qui me concernent, qui concernent ma santé.

– C'est le rôle des parents, ajouta-t-il avec un petit sourire.

– Qu'est-ce qu'il a de si spécial, ce docteur Barnes ? Pourquoi faut-il que j'aille le voir ?

– Parce que c'est un grand spécialiste, affirma ma mère.

– Spécialiste ? Un charlatan, plutôt ! Vous croyez aux miracles, vous ?

– Lucy, bien sûr que non, reprit mon père. Calme-toi. Ce médecin considère la personne et le corps comme un tout, fait de…

– Je vois, je vois, murmurai-je, embarrassée. Et mon travail à l'école ?

– On ira voir tes profs. Tu pourras peut-être emporter des devoirs à la clinique, dit ma mère, comme ça, tu ne prendras pas trop de retard.

Je hochai la tête malgré moi.

– Ce n'est pas juste, tout ça, soupirai-je doucement.

Mes parents soupirèrent eux aussi en chœur.

– Nous sommes désolés, Lucy, continua ma mère, mais c'est comme ça.

En fin d'après-midi, ce jour-là, j'allai garder Charlotte Johanssen. C'était mon premier baby-sitting depuis plus d'une semaine. Je savais que ses parents faisaient appel à l'agence le soir, pour pouvoir rester plus longtemps au travail. Je n'avais pas revu Charlotte depuis la fête de Simon. J'avais apporté le coffre à jouets, comme promis, et nous nous sommes plongées dans la lecture de *Cricri le criquet*. Quand les Johanssen sont revenus, j'ai demandé au docteur si je pouvais lui parler.

– Bien sûr, Lucy. Viens, on va dans le salon.

Une fois dans le salon, elle referma la porte derrière nous.

– Qu'y a-t-il ? Tu te sens bien, au moins ? demanda-t-elle.

– Je vais bien. Mais mes parents veulent que j'aille voir un nouveau médecin à New York. Il va me faire des tas d'examens dans sa clinique. On doit partir cinq jours.

Le Dr Johanssen m'écouta, compatissante.

– C'est encore un spécialiste. Je croyais que c'était un charlatan, ajoutai-je en riant.

La mère de Charlotte ne riait pas.

– Hum. Une clinique. Tu connais son nom ?

– C'est le docteur Barnes.

Elle fronça les sourcils.

– Tu n'avais pas tout à fait tort, Lucy. Le docteur Barnes se fait passer pour un médecin, mais en fait, c'est un charlatan. Il est très à la mode en ce moment. Et il fait du tort aux vrais spécialistes. Je ne le connais pas personnellement, mais j'en ai entendu parler, m'expliqua-t-elle.

– J'en étais sûre ! dis-je en gémissant.

– Mais ne t'inquiète pas. Il ne te fera pas de mal. Il ne touchera pas à ton insuline et, tout au plus, il modifiera légèrement ton régime. Il va te prescrire toutes sortes de thérapies coûteuses, soi-disant pour te rendre la vie plus agréable, plus saine. Et il dira à tes parents que cela t'aidera à débarrasser ton corps de la maladie.

– Non ! criai-je en me levant. Ils sont fous ou quoi ? Comment pourrait-on changer quoi que ce soit à mon taux de sucre ? Aidez-moi à me sortir de là !

– Lucy, j'aimerais bien, mais je ne peux pas m'en mêler. Je connais à peine tes parents.

– Mais moi, vous me connaissez, et vous êtes docteur.

– Oui, mais ce n'est pas moi ton médecin traitant.

– Je vous en supplie !

Le Dr Johanssen se leva et mit son bras autour de mes épaules.

– Laisse-moi réfléchir, mon petit, je ne peux pas intervenir directement, mais…

Elle se tut, puis ajouta :

– Je te promets de ne pas te laisser aller à New York sans avoir essayé quelque chose. Je dois y réfléchir. Ça te va comme ça ?

Je hochai vigoureusement la tête.

– Merci.

En rentrant chez moi, je me promis de ne pas me laisser faire par ce Dr Barnes, mais je n'avais que deux semaines pour élaborer un plan.

*« Un bus scolaire arrivait, bourré à craquer de lycéens qui se pressaient aux fenêtres en se moquant de nous. Kristy marchait la tête haute, regardant droit devant elle. »*

# 8

Depuis des années, je m'habillais d'une manière assez originale pour aller en classe. Mes parents n'avaient jamais rien dit, ni pour le dinosaure épinglé sur mon béret, ni pour les baskets rouges bordées de strass, ni pour les papillons en plastique dans mes cheveux, ni pour les jambières décorées de minuscules traces de pas. Mais ils n'avaient encore rien vu : ce que Kristy nous fit porter ce lundi-là dépassait vraiment l'imagination ! Même moi, j'étais sidérée.

Kristy n'avait pas chômé pendant le week-end. Elle avait fabriqué des panneaux d'homme-sandwich que nous devions mettre pour aller à l'école. Le panneau de devant disait :

REJOIGNEZ-NOUS AU CLUB DES BABY-SITTERS

et celui de derrière – qui reprenait le même petit dessin que notre prospectus :

LE CLUB

DES

BABY-SITTERS

– Enfile ça, dit Kristy, en arrivant devant chez moi.

Elle était déjà affublée de ses deux panneaux.

– Tout de suite ? demandai-je d'un air incrédule.

Elle fit signe que oui.

– On va recruter d'autres membres pour le club. Alors autant commencer sur le chemin de l'école. Comme ça, un maximum de monde nous verra.

– C'est bien ce qui me fait peur, murmura Claudia.

Je haussai les épaules. Kristy m'aida à ajuster mon accoutrement. Puis nous avons donné un coup de main à Mary Anne et à Claudia. Les joues de Mary Anne étaient rouge tomate.

– Ok, à la guerre comme à la guerre ! m'exclamai-je.

Je fis gauchement un signe de la main à mes parents, qui nous observaient depuis la porte d'entrée. Tout le long du chemin, les enfants s'arrêtaient pour nous regarder.

– J'espère qu'on ne va pas rencontrer Trevor, me chuchota Claudia.

Trevor Sandbourne est le petit ami de Claudia. Ou presque. Il l'a emmenée au bal d'Halloween et, une fois, ils sont même allés au cinéma ensemble. Je comprenais pourquoi elle ne tenait pas à le voir.

– Ouais, répondis-je. J'espère qu'on ne croisera ni Peter ni Charlie.

– Oh, non, c'est pas vrai ! s'écria Claudia tout à coup.

– Quoi ? C'est Trevor ? Peter ?

– Non, regarde.

Un bus scolaire arrivait, bourré à craquer de lycéens qui se pressaient aux fenêtres en se moquant de nous. Kristy marchait la tête haute, regardant droit devant elle.

– C'est la honte ! La honte ! murmurai-je à Claudia.

Mais je me dis que si j'avais l'air ridicule, c'était pour sauver le club. Et ça en valait la peine. Nous sommes arrivées à l'école un quart d'heure avant le début des cours.

– Maintenant, séparons-nous, ordonna Kristy.

– Tu veux qu'on se balade comme ça toutes seules ? s'écria Mary Anne.

Kristy fit signe que oui.

– Faites le tour de l'école, pour que les élèves qui arrivent vous voient. S'ils vous posent des questions, expliquez-leur ce qu'est le club. Précisez bien qu'on ne prend pas de commission. Et essayez de dénicher des quatrièmes. Dites-leur que la prochaine réunion a lieu mercredi.

Je me mis à faire les cent pas devant l'entrée du collège. Tous ceux qui passaient devant moi me regardaient. Certains montraient le panneau du doigt et parlaient avec leurs copains. D'autres se moquaient de moi. Trois seulement me posèrent des questions. Ils voulaient savoir ce qu'était le club. Je leur donnai des explications. Je leur parlai même de certains des enfants que nous gardions.

– Tu devrais voir Charlotte Johanssen, dis-je à une fille (elle était super mais, manque de chance, elle était en sixième). Elle adore qu'on lui lise des histoires.

– Des histoires ? répéta la fille, éberluée. Moi, quand je garde des enfants, je regarde la télé.

– Et qu'est-ce qu'ils font pendant ce temps ? Ils la regardent avec toi ?

Elle haussa les épaules.

– Ouais, ça arrive… je m'en fiche à vrai dire.

Elle n'était pas faite pour le club. Heureusement, elle ne posa pas d'autres questions.

Le deuxième curieux fut un garçon.

– Il y a trois réunions par semaine ? fit-il. Ça n'ira pas avec… mon emploi du temps.

La troisième fille intéressée était en quatrième. Elle détestait Liz Lewis. Parfait. Je lui parlai des enfants, puis des réunions et du journal.

– C’est trop de boulot, estima-t-elle avant de s’en aller.

La cloche sonna. Tout le club entra ensemble à l’école. Claudia, Mary Anne et moi, nous avons enlevé tout de suite nos panneaux. Kristy sourit.

– Alors ? demanda-t-elle.

– Rien, murmurai-je.

– Zéro, dit Claudia.

– C’était nul, dit Mary Anne. Pourquoi est-ce que tu souris ?

– Parce que j’ai de bonnes nouvelles ! lança Kristy. Mais on en parlera à la réunion. Mettez vos panneaux quand vous vous promènerez dans les couloirs et à la cantine.

– A la cantine ! Et comment on va manger avec ces trucs sur le dos ? demanda Claudia, de mauvaise humeur. On ne pourra même pas s’asseoir.

– Portez-les au moins dans la file du self.

Claudia soupira, mais elle fit ce que Kristy avait ordonné, tout comme Mary Anne et moi.

Au déjeuner, alors que j’approchais de notre table, portant courageusement mes panneaux sur le dos, Peter leva la tête et me sourit.

– Laisse-moi t’aider à enlever ces trucs, dit-il.

– Ça te gêne, d’être vu avec moi dans cette tenue ? lui demandai-je.

Peter sourit.

– Non… euh, peut-être un peu, mais faut du cran pour faire ça.

– Tu veux faire partie du club ? On pourrait avoir besoin de garçons.

Peter toussota.

– Moi ? Surveiller des gosses ?

– Pourquoi pas ?

– Je ne saurais pas le faire.

– T'inquiète. Laisse tomber.

On mangeait depuis dix minutes, quand je le vis rougir d'un coup.

– Hé, qu'est-ce qu'il y a ? Tu te sens bien ?

Je croyais qu'il était en train de s'étrangler. Il avala sa salive.

– Ouais, ça va. Mais je voudrais te poser une question. Euh… voilà : je fais une boum pour mon anniversaire. Est-ce que tu… accepterais de venir ?

J'étais très flattée. Son anniversaire, c'était dans trois semaines seulement, et il m'invitait déjà !

– Ça me ferait super plaisir, merci.

De l'autre côté la table, Claudia me souriait. Soudain, ça m'était complètement égal de jouer les hommes-sandwichs !

Kristy était en pleine forme à la réunion. Je ne comprenais pas pourquoi.

– Personne ne veut adhérer au club, lui expliquai-je, ça donne trop de travail.

– Ouais, confirma Claudia, qui était assise à côté de moi sur le lit.

Elle fouilla dans sa taie d'oreiller pour prendre les bonbons qu'elle y avait cachés.

– Ouais, dit Mary Anne depuis son fauteuil.

– Moi, j'ai deux nouveaux membres, annonça Kristy fièrement, et toutes les deux sont en quatrième.

– C'est vrai ? m'exclamai-je. C'est super !

– Comment elles s'appellent ? demanda Claudia.

– Janet Gates et Leslie Howard.

Claudia fronça les sourcils.

– Je croyais que c'était des amies de Liz.

Kristy la regarda d'un air supérieur.

– Plus maintenant. Elles étaient à l'agence, mais elles l'ont quittée. Ça ne leur plaisait plus.

– Des défections ! m'étonnai-je.

– Déjà ? ajouta Mary Anne.

– Ouais, dit Kristy.

– L'agence doit être plutôt nulle, pour que les baby-sitters la quittent si vite, fis-je remarquer.

– Leslie m'a avoué que ça ne lui plaisait pas de donner une partie de son argent à Liz et à Michelle. En plus, Liz lui a fait garder des enfants vraiment impossibles. Elle se réserve les plus mignons et les mieux élevés.

– Alors, elles vont venir à la prochaine réunion ? demanda Claudia.

– Ouais.

– Mais… il y a quelque chose qui cloche, remarqua Mary Anne. Vous vous souvenez, quand le club a débuté et que Lucy est venue nous rejoindre ? Comme nous ne la connaissions pas, nous lui avons demandé plein de trucs sur les enfants qu'elle gardait à New York. Nous voulions à tout prix former un club de baby-sitters sérieuses et compétentes. Mais qu'est-ce que tu sais de Janet et de Leslie ?

– A vrai dire, pas grand-chose, admit Kristy.

– Et tu leur as déjà dit qu'elles allaient faire partie du club ?

– Oui…

– C'est risqué, dis-je.

Kristy nous regarda, pas très à l'aise.

– De toute façon, c'est trop tard, lança-t-elle. Tant pis, il faut qu'on tente le coup.

– Il y a au moins une bonne chose, fis-je. Si l'Agence de baby-sitters est vraiment aussi nulle et inefficace que le prétendent Janet et Leslie, elle ne tiendra plus très longtemps.

– Ouais, approuvèrent les autres.

Au bout d'un moment, je me rendis compte que nous regardions toutes le téléphone avec angoisse. A dix-huit heures, à la fin de la réunion, il n'avait pas sonné une seule fois.

*« Kristy nous observait nerveusement. Ses yeux allaient alternativement des nouveaux membres du club aux anciens. Elle pensa que le moment était alors venu de sortir sa botte secrète. »*

# 9

L'après-midi suivant, comme aucune de nous ne faisait de baby-sitting et que nous nous ennuyions vraiment, nous sommes allées chez les Parker. Kristy appela Mme Newton, qui était revenue chez elle, pour lui demander si nous pouvions venir voir le bébé. Elle accepta, ce qui nous combla de joie.

– Génial ! s'exclama Kristy. J'ai un cadeau pour le bébé et un pour Simon.

– Nous aussi !

– Allez les chercher et retrouvez-moi dans ma chambre. J'ai des trucs super pour faire des paquets-cadeaux, proposa alors Claudia.

Une fois dans la chambre de Claudia, nous avons étalé tous nos cadeaux. Tout le monde s'extasia. Kristy avait trouvé une petite voiture pour Simon et un hochet-canard pour Lucy Jane. Claudia avait acheté un dinosaure pour Simon et peint des chatons pour décorer la chambre du bébé. J'avais choisi deux livres : *Capitaine Jack et son voilier* pour Simon et *Pip le lièvre* pour Lucy Jane. Les cadeaux de Mary Anne étaient les plus beaux : un bonnet de ski rouge pour Simon et un petit bonnet rose pour le bébé.

– C'est moi qui les ai tricotés, avoua-t-elle timidement. Comment vous les trouvez ?

– C'est pas croyable ! m'exclamai-je. C'est toi qui as fait ça ?

– Mary Anne, je ne savais pas que tu tricotais, ajouta Kristy.

Mary Anne lança un regard à Claudia, qui lui sourit.

– C'est Mimi qui lui a appris, continua Claudia.

– Elle me parle de ma mère, pendant que je tricote, expliqua Mary Anne, et elle va m'aider à faire une écharpe pour mon père.

– Ouah !

Nous étions drôlement impressionnées. Claudia ouvrit son placard pour en sortir un grand carton. Dedans, il y avait tout un bazar : des fleurs en plastique, des cœurs en papier, des perles, des rubans, des animaux en feutrine. Il y avait aussi quatre tampons encreurs de couleurs différentes.

– On pourrait les utiliser pour imprimer des choses sur le papier d'emballage et on décorera les paquets avec les autres trucs, dit-elle.

On se mit au travail. Je tamponnai des cœurs rouges et des fleurs bleues sur le papier de Lucy Jane et de grosses grenouilles vertes sur celui de

Simon. Une fois terminé, nous avons foncé chez les Newton. C'est Simon qui nous a ouvert. Sa mère le suivait.

– Salut ! Je suis contente de vous voir ! Simon vous réclame tout le temps, et j'ai hâte de vous présenter Lucy Jane. Entrez.

J'étais surprise de voir que Mme Newton avait encore un gros ventre. Pas comme une femme enceinte, mais pas non plus comme je l'imaginais après la naissance du bébé.

– Vous êtes adorables, mais vous n'auriez pas dû apporter tous ces cadeaux !

– On sait, dit Kristy en souriant.

– Ça nous fait plaisir, ajoutai-je.

– Ouais, fit Mary Anne, les bébés, c'est quelque chose de tellement merveilleux.

Simon regarda les cadeaux, puis jeta un coup d'œil à sa mère.

– Y en a pour moi aussi ?

– Simon ! Ce n'est pas poli de réclamer !

Mme Newton se tourna vers nous.

– Je suis désolée. Simon est un peu J-A-L-O-U-X, épela-t-elle, L-U-C-Y J-A-N-E a eu beaucoup de cadeaux.

– Tu as de la chance, Simon, le rassura Claudia, quatre de ces cadeaux sont pour toi.

– Quatre ! s'exclama-t-il.

Nous ne l'avons pas fait attendre plus longtemps. Il mit le bonnet, essaya de lire et de jouer en même temps. Puis nous avons offert les cadeaux pour Lucy Jane à Mme Newton.

– Allons voir le bébé, avant que j'ouvre les paquets, dit-elle. J'espérais qu'elle serait réveillée, mais elle dort encore.

En haut, dans la petite chambre de Lucy Jane, il y avait un grand berceau blanc dans un coin, mais le bébé dormait dans un couffin bleu.

– Elle est encore trop petite pour aller dans le berceau, murmura Mme Newton. Les nourrissons se sentent plus en sécurité dans un couffin.

Nous étions toutes penchées en silence au-dessus du bébé. Je laissai échapper un :

– Oooh !

– Elle est minuscule, murmura Mary Anne.

C'était vrai. Je n'avais jamais réalisé qu'un nouveau-né était si petit.

– Est-ce que je peux la toucher ? demandai-je tout bas à Mme Newton.

Elle fit signe que oui. Je me penchai et caressai d'un doigt une des minuscules menottes de Lucy Jane. Elle était douce comme de la soie et avait une forme parfaite : cinq petits doigts et, au bout de chacun, un ongle pas plus gros qu'une tête d'épingle. Elle sentait bon le talc et le lait. J'effleurai de ma main le fin duvet noir qui recouvrait son crâne. Elle remua et ouvrit les yeux, juste assez pour que je voie qu'ils étaient bleu marine. Je relevai la tête. Les trois autres aussi étaient sous le charme.

De retour dans le salon, Mme Newton ouvrit les cadeaux. Elle s'extasia sur chacun et apprécia l'originalité des paquets.

– Madame Newton, dit Kristy, puis-je vous demander quelque chose ?

– Bien sûr.

Je devins blême. Je me doutais de ce que Kristy allait dire. Je croisai le regard de Claudia. « Oh, non, je n'arrive pas à croire qu'elle veuille parler de ça maintenant », pouvait-on lire dans ses yeux. Mais nous ne nous étions pas trompées.

– Je ne sais pas trop comment le dire, commença-t-elle, mais la semaine dernière, Simon nous a dit que nous ne serions plus ses baby-sitters. Non, je veux dire… il a dit qu'il vous avait entendue discuter au téléphone avec Liz Lewis de l'Agence des baby-sitters. Est-ce que… ? Serons-nous encore… ?

Kristy ne savait comment terminer sa phrase.

Le visage de Mme Newton était rouge d'embarras. J'étais presque sûre que le mien l'était aussi. Il faisait une de ces chaleurs, soudain…

– J'aurais dû vous prévenir, s'excusa Mme Newton. Vous savez, un nourrisson c'est si fragile, si délicat, il lui faut des soins parti…

– Mais nous sommes des filles sérieuses, protesta Kristy.

– Je me suis déjà occupée de bébés avant, ajoutai-je.

– De nouveau-nés ? demanda Mme Newton.

– L'un avait dix mois et l'autre huit.

– Ce n'est pas pareil, dit-elle. Déjà, il y a une énorme différence entre un bébé de trois mois et un nouveau-né. Pendant quelques mois, au moins, je préfère confier Lucy Jane à quelqu'un de plus âgé. Quand je l'emmènerai avec moi et qu'il faudra garder Simon, je serai heureuse de faire appel à vous.

– Je suis contente que vous vouliez toujours de nous pour garder Simon, continua Kristy.

– Et quand Lucy Jane sera plus grande, vous serez à nouveau mes baby-sitters attitrées, ajouta Mme Newton.

Plus rien ne semblait vouloir marcher pour nous.

Le lendemain, après l'école, je rencontrai Janet et Leslie pour la première fois au club. Je les observai d'un œil critique. Bien sûr, elles étaient déjà membres du club, mais je ne pus m'empêcher de leur poser quelques questions.

– Tu as déjà fait beaucoup de baby-sitting ? demandai-je à Janet.

– Oh ! Des tonnes, répliqua-t-elle en mâchant bruyamment son chewing-gum.

– Toi aussi ? demandai-je à Leslie.

Elle avait l'air de s'ennuyer ferme. Elle repoussa une mèche qui lui tombait sur les yeux. Je notai qu'elle était maquillée. Et pas qu'un peu !

– Bien sûr, répondit-elle.

Elle jeta un coup d'œil à Janet et elles échangèrent un petit sourire.

– Où ça ? demanda Mary Anne.

Je fus surprise de la voir se mêler à la conversation, mais elle se sentait concernée elle aussi.

– A l'autre bout de la ville, répondit Janet. Ça m'étonnerait que vous connaissiez des gens dans ce coin-là.

Kristy nous observait nerveusement. Ses yeux allaient alternativement des nouveaux membres du club aux anciens. Elle pensa alors que le moment était venu de sortir sa botte secrète.

– Jusqu'à quelle heure vous avez le droit de sortir ? demanda-t-elle.

– Onze heures les soirs de semaine, répondirent-elles en chœur.

– Minuit le vendredi et le samedi, ajouta Janet.

– Je peux sortir aussi tard que je veux le week-end, à condition de prévenir ma mère, continua Leslie.

Je restai bouche bée.

– Quel âge vous avez ?

– Quatorze, répliqua Leslie.

– Treize, dit Janet.

Je commençais à être impressionnée. Kristy nous regardait d'un air triomphant.

– Je crois que maintenant, nous devons dire à nos clients que le club s'est agrandi. On va ajouter les noms de Janet et de Leslie, ainsi que leur âge et nos nouveaux horaires sur notre prospectus. Ma mère fera de nouvelles photocopies. Qui est-ce qui peut m'aider à les distribuer demain après l'école ?

– Moi ! avons-nous répondu toutes les trois ensemble.

Puis nous nous sommes tournées vers Janet et Leslie. Elles se regardaient l'une l'autre.

– Ben ! s'excusa Janet, on aimerait bien vous aider, mais on avait pris des rendez-vous pour des baby-sittings.

Kristy me jeta un coup d'œil dans lequel je pouvais lire : « Tu vois à quel point elles sont sérieuses. »

– Très bien, fit Kristy, voilà le programme. Demain on distribue les prospectus. On appelle nos meilleurs clients pour les prévenir des changements. Vendredi, on se réunit pour faire le point.

Nous avons suivi ce plan et, le vendredi, nous avions reçu quatre demandes de baby-sitting, dont deux pour Janet et Leslie, pour le week-end. Nous étions impatientes d'être à lundi, pour savoir comment les choses s'étaient passées. Le club repartait d'un bon pied.

*“ Après avoir raccroché, Kristy fondit en larmes. C'était bien la première fois que je la voyais pleurer.*
*– Maintenant, ça suffit, dis-je brusquement en lui tendant un Kleenex. ”*

# 10

Lundi, 8 septembre

Aujourd'hui, Kristy, Lucy et Mary Anne sont arrivées de bonne heure à la réunion du club. Nous avions hâte de savoir comment ça s'était passé pour Janet et Leslie. Nous les attendions d'un instant à l'autre. A dix-sept heures trente personne. A dix-sept heure cinquante non plus. Où étaient-elles? Kristy était inquiète.

« Que quelqu'un note ça dans le journal, il se passe quelque chose. » dit-elle. Elle avait raison, hélas ! Ça n'allait pas du tout. À cause de l'agence baby-sitters.

Ce qui est arrivé ce lundi-là fut l'un des pires épisodes de la guerre contre l'agence.

Comme Claudia l'a précisé, nous nous étions retrouvées chez elle tôt. Bien qu'à dix-sept heures trente-cinq les nouveaux membres du club ne soient pas arrivés, nous avions commencé la réunion : Mme Marshall voulait une baby-sitter pour le mercredi après-midi (Mary Anne fut désignée), puis Jim avait besoin de quelqu'un pour mercredi en fin d'après-midi. Évidemment, Kristy accepta. Puis ce fut Mme Newton, qui voulait faire garder Simon mercredi, pour pouvoir aller chez le pédiatre avec Lucy Jane. J'étais d'accord pour m'en charger. Nous étions tellement occupées au téléphone, qu'il était dix-sept heures cinquante quand nous avons réalisé que Janet et Leslie n'étaient toujours pas là.

– Elles auraient au moins pu prévenir, fis-je remarquer.

Même Kristy n'avait pas l'air contente du tout.

– J'ai croisé Janet à l'école aujourd'hui, elle ne m'a absolument rien dit.

– Je trouve ça bizarre qu'aucune des deux ne soit là, insista Mary Anne. Qu'est-ce qu'elles fichent ?

Kristy haussa les épaules.

– Elles ont peut-être oublié, tout simplement.

– On leur a parlé de cette réunion au moins cent fois, continua Claudia. Si elles ont oublié, c'est qu'elles n'ont pas de tête.

– Je vais les appeler, décida Kristy.

Elle avait deviné que quelque chose clochait, car c'est à ce moment qu'elle demanda à Claudia de noter l'incident dans le journal.

– Non, je m'en occupe, dis-je. Je vais leur demander pour qui elles se prennent !

– T'énerve pas, fit Kristy. Ça ne sert à rien. Je les appelle. C'est moi la pré…

Le téléphone se mit à sonner. Kristy et moi nous nous sommes précipitées, mais Mary Anne fut plus rapide que nous.

– Allô, ici le Club des baby-sitters. Non, c'est Mary Anne Cook. Que puis-je pour vous ?… Oh, bonjour monsieur Kelly… Elle n'est pas… ?

Nous écoutions en silence. Les Kelly étaient les nouveaux clients chez qui Leslie était censée aller samedi soir. Ils nous avaient contactées après avoir reçu le nouveau prospectus.

– Monsieur Kelly, je suis vraiment désolée. J'ignore ce qui s'est passé… J'aimerais bien, mais elle n'est pas là en ce moment. Vous pouvez la joindre chez elle… Oh, je vois. Voulez-vous dire un mot à notre présidente ?… D'accord. Et excusez-nous.

Mary Anne était toute rouge. En tendant l'appareil à Kristy, elle murmura :

– Leslie n'a pas mis les pieds chez eux samedi et elle n'a même pas prévenu.

Kristy prit le téléphone et ferma les yeux pour se donner du courage.

– Kristy Parker, la présidente du club… Oui, Mary Anne vient de me l'apprendre. Je suis très embêtée. Leslie ne m'a rien dit. Si elle m'avait prévenue, je vous aurais envoyé quelqu'un d'autre… J'espère que vous accepterez nos excuses… D'accord. Au revoir monsieur Kelly.

Elle raccrocha. Je ne saurais dire si elle était en colère, effrayée ou gênée. C'était peut-être les trois à la fois. Elle se tut si longtemps que je finis par briser le silence :

– Il était vraiment très fâché, hein ?

– Oui. Sa femme et lui devaient aller à un concert à Stamford. Voyant que Leslie n'arrivait pas, il a appelé chez elle, mais il n'y avait personne. En désespoir de cause, les Kelly ont confié leurs enfants à des voisins, mais ils sont arrivés au concert avec vingt minutes de retard.

– Oh là là ! s'exclama Claudia.

– Pourquoi n'ont-ils pas appelé l'une de nous ? demandai-je.

– A mon avis, ils n'avaient plus confiance, et on ne peut pas leur en vouloir. Monsieur Kelly voulait seulement s'assurer que nous étions au courant. J'ai l'impression qu'ils ne feront plus appel à nous, soupira Kristy.

Le téléphone sonna à nouveau.

Personne ne fit le moindre mouvement pour répondre. Nous nous regardions sans bouger. A la troisième sonnerie, je décrochai.

– Lucy MacDouglas… Oui ?… Oh, non… Ce n'est pas vrai ! Je veux dire, excusez-moi. Nous n'en avons aucune idée. Voulez-vous parler à notre présidente ?… D'accord… Un instant.

Je tendis l'appareil à Kristy, en lui murmurant :

– Je n'arrive pas à y croire. C'est madame Jaydell, tu sais, l'autre nouvelle cliente. Chez qui Janet devait aller. Elle n'y est pas allée non plus.

Kristy était vraiment furieuse. Elle m'arracha le téléphone des mains. Ses yeux lançaient des éclairs. Heureusement, elle finit par articuler, à peu près poliment :

– Kristy Parker à l'appareil.

Je l'avais déjà vue en colère, mais jamais encore à ce point. Elle eut avec Mme Jaydell à peu près la même conversation qu'avec M. Kelly. A ceci près que les Jaydell n'avaient pu trouver une autre baby-sitter et avaient dû annuler leur soirée. Après avoir raccroché, Kristy fondit en larmes. C'était bien la première fois que je la voyais pleurer.

– Maintenant, ça suffit, dis-je brusquement en lui tendant un Kleenex. Donne-moi les numéros de Janet et de Leslie. Je vais les appeler immédiatement. Elles commencent sérieusement à me chauffer les oreilles.

– Non, la stoppa Kristy en s'essuyant les yeux. Ne les appelle pas. Je veux leur parler directement. On les verra demain à l'école. C'est pas un hasard tout ça. Elles l'ont fait exprès, j'en suis sûre.

– Mais pourquoi ? demanda Claudia.

– Ça me dépasse, continua Kristy. Qui est-ce qui veut affronter ces deux traîtres avec moi, demain ?

– Moi, dis-je.

– Moi aussi, ajouta Claudia.

Puis nos regards se sont tournés vers Mary Anne.

– On pourrait essayer de les faire avouer au téléphone, suggéra-t-elle.

– Non, il faut qu'on les ait en face de nous, insista Kristy.

– D'accord, vous pouvez compter sur moi, finit-elle par lâcher.

Le lendemain, on a lambiné comme des escargots pour aller à l'école.

– Quand est-ce qu'on va leur parler ? demandai-je à Kristy, alors que nous arrivions au collège.

– Tout de suite, répliqua Kristy. Je sais où se trouve leur classe, on va les attendre.

– On va leur tendre une embuscade, dit Mary Anne.

Leslie et Janet étaient dans deux classes situées de part et d'autre du même couloir. Kristy et Mary Anne attendirent d'un côté, Claudia et moi de l'autre.

Au bout de cinq minutes, je les vis arriver.

– Psst ! Kristy, les voilà !

– Hé, murmura Claudia, regarde avec qui elles sont.

C'était Liz Lewis.

– Je croyais qu'elles ne s'entendaient plus avec Liz, dis-je.

– Je sais.

Claudia fronça les sourcils.

Elles s'arrêtèrent un moment pour parler de choses apparemment sérieuses, puis Liz leur fit un signe de la main et disparut dans sa classe.

Leslie et Janet nous aperçurent. Elles se poussèrent du coude en riant. Tout le club fondit sur elles.

– Où étiez-vous hier ? demanda Kristy.

– Hé, quel accueil ! dit Janet, qui devait avoir une douzaine de chewing-gums dans la bouche.

– Je ne plaisante pas, continua Kristy. Je veux savoir où vous étiez et pourquoi vous avez fait faux bond à nos clients samedi. Notre club a la réputation de fournir des baby-sitters responsables.

– Et ben, quoi ? s'étonna Leslie.

– Et ben, quoi ! répéta Kristy, en colère. Vous êtes en train de nous faire du tort. Vous devez quitter le club immédiatement.

– On s'en fiche, répliqua Janet d'un air narquois. Nous, on est membres de l'agence.

Elles rirent à gorge déployée.

– Mais... mais, bredouilla Kristy.

– On vous a bien eues !

– Petites pestes ! criai-je tout à coup. Vous avez fait tout ça pour nous nuire. C'est... c'est vraiment ignoble !

Leslie et Janet étaient mortes de rire.

– Vous êtes des menteuses et... de piètres femmes d'affaires !

– Ouah, dit Leslie, écoutez-moi ça : de piètres femmes d'affaires ! Comme c'est bien dit !

– Et vous êtes sans doute des baby-sitters minables, ajouta Kristy.

Leslie fut vexée par cette remarque.

– On n'est pas des baby-sitters minables, dit-elle irritée.

– J'espère que vous vous rendez compte que vous avez un gros problème, là ? poursuivit Kristy.

– Avec qui ? demanda Janet, hilare.

– Avec... avec les clients. Je vais les appeler et leur dire la vérité. Ils préviendront leurs amis, et ainsi de suite. Tout le monde finira par être au courant. Vous allez le regretter.

Cela leur coupa enfin l'envie de rire.

– Tu n'oseras pas, menaça Janet.

Au même moment, Leslie reprit :

– Non, c'est toi qui vas le regretter, pauvre imbécile !

– Moi ? Et pourquoi ça ? voulut savoir Kristy.

– Parce que, répondit Leslie, nous allons prévenir Liz et Michelle de ce que tu veux faire. Et elles seront bientôt à la tête de la plus grande agence de baby-sitters de la ville.

– Vous êtes des monstres ! s'exclama Kristy, tremblant de tout son corps.

Janet fit éclater une grosse bulle de chewing-gum.

– Désolée, les enfants !

Puis elles disparurent rapidement dans leurs classes respectives.

Nous nous sommes retrouvées seules dans le couloir. Pour la deuxième fois en deux jours, Kristy éclata en sanglots. Nous l'avons prise par le bras et nous sommes parties nous réfugier dans les toilettes.

– C'est parfaitement déloyal ! gémit Kristy. C'est un sale tour. En plus, l'idée de créer un club de baby-sitters est de moi et pas de Liz. On a tellement bossé pour le club. Et même quand l'agence a démarré, on n'a jamais essayé de leur mettre des bâtons dans les roues. On a juste cherché à protéger ce qu'on avait. Et maintenant elles font tout pour nous faire disparaître !

– Alors, c'est Liz qui a poussé Janet et Leslie à agir comme elles l'ont fait, dis-je lentement.

Kristy hocha la tête.

– Tout est de ma faute. C'était de la bêtise d'accepter de nouveaux membres. Mary Anne avait raison. J'aurais dû me méfier.

– Le coup qu'elles nous ont fait est vraiment méchant, admit Claudia. Mais rien ne nous empêche de continuer comme avant, toutes les quatre. On ne peut pas sortir très tard, on n'a que douze ans, mais la plupart de nos clients nous aiment beaucoup. On n'a qu'à continuer à être aussi sérieuses avec les enfants et… et… quel est le mot déjà, qui veut dire qu'on s'adapte aux besoins des clients ?

– Flexibles ? suggéra Mary Anne.

– Ouais, fit Claudia, c'est quelque chose dans ce goût-là.

– Tu as raison, dit Kristy. En tout cas, je me charge de tout expliquer à monsieur Kelly et à madame Jaydell.

J'ajoutai avec ferveur :

– Il y a toujours la baisse de tarif, les devoirs et les offres spéciales.

– Non, je ne crois pas que ce soit la bonne méthode, estima Kristy. Le club survivra, mais nous n'allons pas devenir des esclaves. Nous devons prouver que nous sommes meilleures que l'agence.

A ce moment-là, la cloche sonna et nous avons été en cours.

*“En regardant de plus près, j’aperçus une tache brune. En fait, c’était un trou. Mes yeux s’écarquillèrent.*
*– C’est une baby-sitter qui a fait ça ?”*

# 11

L’agence avait ouvert les hostilités. Kristy avait appelé les Kelly et les Jaydell pour tout leur expliquer. Ils avaient écouté et semblaient un peu plus compréhensifs, mais elle n’était pas sûre qu’ils nous rappelleraient. Mais du moins, ils connaissaient la vérité.

Kristy eut l’idée de faire de la publicité pour le club au centre commercial. Elle prépara de nouveaux panneaux d’homme-sandwich, et tout le monde donna un coup de main. Voici ce qu’ils disaient :

PLUS JEUNES, C’EST MIEUX
Sérieux + ponctualité = Club des baby-sitters
Le premier et meilleur service de garde d’enfants
Garantie de qualité

Les filles avaient prévu d'y aller pendant le week-end. Quant à moi, j'étais censée aller chez le Dr Barnes. Le mercredi après-midi, je gardai Simon. Il avait l'air préoccupé. Il m'avait accueillie avec joie, mais dès que sa mère partit avec le bébé, sa mine s'assombrit. Il entra dans le salon, alluma la télé et se jeta sur le canapé, sans se soucier de ce qu'il y avait au programme. D'habitude, il ne regardait jamais la télé, à part les dessins animés. Je croyais savoir ce qui n'allait pas.

– Ce doit être un peu dur avec ce bébé à la maison, hein ?

Simon haussa les épaules.

– Non, ça va.

– Je parie qu'elle pleure beaucoup.

– Non, pas trop. Dès que maman la berce, elle s'arrête.

– Quand la petite sœur d'Allison est née, Allison la détestait.

Simon eut l'air surpris.

– Je ne déteste pas Lucy Jane.

– Mais tu as l'air triste.

Simon soupira, comme s'il portait la terre entière sur ses épaules.

– Avant, les baby-sitters étaient rigolotes, fit-il.

Je fronçai les sourcils.

– Qu'est-ce que tu veux dire ?

– Elles jouaient avec moi, me poussaient sur la balançoire et me racontaient des histoires.

Je pensai toujours que le problème venait de Lucy Jane.

– Et maintenant, elles passent trop de temps à s'occuper du bébé ?

– Non, trop de temps devant la télé… Qu'est-ce que tu veux regarder, toi ?

– Je ne veux rien regarder du tout. J'allais te proposer de lire *Max et les Maximonstres*.

Simon leva son petit nez.

– J'ai apporté mon coffre à jouets avec moi.

– C'est vrai ? Je l'avais pas vu. Où il est ?

– Dans la pièce à côté. Mais attends une seconde. Parle-moi un peu de tes baby-sitters. Elles regardent la télé, c'est tout ce qu'elles font ?

– Et elles…

Il se pencha en avant et me souffla à l'oreille :

– Elles font des bêtises.

– Quel genre de bêtises ? chuchotai-je à mon tour.

Il se leva et me conduisit près d'une chaise. Il montra quelque chose du doigt sur le coussin. En regardant de plus près, j'aperçus une tache brune. En fait, c'était un trou. Mes yeux s'écarquillèrent.

– C'est une baby-sitter qui a fait ça ?

– Oui, avec une… une cigarette.

Il dit cela un peu comme si c'était un gros mot (ses parents ne fument pas).

– Eh bien ! dis-je. Et quoi d'autre ?

– Des fois, elles téléphonent. Plus longtemps que papa et maman… Lucy ? C'est quoi un petit ami ?

– C’est, hum, c’est un ami garçon.
– Est-ce que je suis ton petit ami ?
– Pas exactement. Écoute, Simon : comment elles s’appellent, tes baby-sitters ? Tu connais leurs noms ?
Il réfléchit.
– Rebecca, dit-il, et Barbara. Et un garçon.
Je ne connaissais ni Rebecca, ni Barbara, ni aucun baby-sitter masculin. Ils étaient peut-être au lycée.
– Si tu n’aimes pas les gens qui te gardent, tu devrais le dire à ta maman. Raconte-lui qu’ils passent tout leur temps devant la télé et au téléphone. Et montre-lui la chaise. D’accord, tu peux faire ça ?
Je voulais faire quelque chose pour le club, mais surtout, je ne pouvais pas supporter de le voir triste comme ça.
– Ouais.
– C’est bien. Tu n’as pas envie de regarder la télé, n’est-ce pas ?
– Beurk !
Il se leva du canapé et alla éteindre le poste.
Je sortis du coffre tout ce qui pouvait plaire à un petit garçon de cet âge-là. Simon joua, heureux comme tout, jusqu’au retour de sa mère et de sa petite sœur.

En rentrant chez moi, j’entendis le téléphone sonner. Je me précipitai dans la cuisine et décrochai.

– Allô, Lucy ?
– Oui, c'est moi.
– Bonjour, ma grande. C'est le docteur Johanssen. Il me faudrait une baby-sitter pour ce soir. J'appelle un peu à la dernière minute, mais Charlotte veut que ce soit toi.
– C'est vrai ? dis-je, très contente.
– Elle n'arrête pas de te réclamer, continua le docteur avec chaleur. Tu pourrais être là à dix-neuf heures ?
– Bien sûr.
Normalement, je n'ai pas le droit de faire du baby-sitting le même jour, et l'après-midi et les soirs en semaine, mais je n'avais pas beaucoup de devoirs ce jour-là. J'étais contente pour deux raisons : non seulement ça faisait longtemps que je n'étais pas allée chez les Johanssen le soir mais, en plus, il fallait que je prépare mon séjour à New York et je devais en parler au docteur.
Mon plan était le suivant : j'irais voir le Dr Barnes avec mes parents samedi. La visite consisterait en un tas de questions, surtout sur mon régime et l'insuline, en quelques examens rapides, puis j'aurais droit à la consultation du lundi et du mardi à la clinique. J'avais déjà subi tout ça. Ensuite, je dirais à mes parents que, de mon côté, je m'étais renseignée sur le diabète, et qu'il y avait un médecin que je voulais voir. C'est là qu'intervenait le docteur Johanssen. Je comptais sur elle pour me recommander quelqu'un de compétent, qui traiterait ma maladie comme il

faut. Quelqu'un qui, en plus, serait connu et aurait un tas de diplômes.

C'est le Dr Johanssen qui m'ouvrit la porte.

– Bonsoir, Lucy, je suis contente de te voir.

Elle ferma derrière elle et prit mon manteau. Puis elle jeta un coup d'œil à Charlotte, qui faisait ses devoirs dans la cuisine. Elle baissa la voix :

– Charlotte est un peu bizarre en ce moment, elle est très calme et indolente. Elle dit qu'elle se sent bien, mais il y a quelque chose qui ne va pas, je le sens. Ça doit avoir un rapport avec l'école. J'ai pris rendez-vous avec son institutrice. Je voulais te le dire, au cas où tu la trouverais un peu bizarre ce soir.

– Très bien… Est-ce que je pourrais vous parler quand vous rentrerez ? On va à New York samedi et j'ai réfléchi.

– Mais bien sûr ! Et j'ai quelque chose à te dire moi aussi.

Elle se dirigea vers la cuisine.

– Bon, ma chérie, dit-elle à Charlotte, je n'en ai pas pour longtemps, finis tes devoirs et amuse-toi bien avec Lucy… D'accord ?

Charlotte leva à peine la tête. Je m'assis à côté d'elle.

– Dis donc, des devoirs, je n'en avais pas autant quand j'étais en CE1.

– C'est juste deux trucs idiots.

– Tu veux que je t'aide ?

Elle secoua la tête.

– C'est facile, c'est complètement idiot.

– Si c'est facile, tu n'en as pas pour longtemps ?

– Qu'est-ce que ça peut te faire ? répondit-elle.

– Charlotte ! Pourquoi tu me parles comme ça ? Si tu es fâchée, explique-moi pourquoi au moins.

Elle se redressa.

– Je ne suis pas fâchée.

– Tu m'en as tout l'air pourtant. Quand tu auras fini, on pourra lire *Cricri le criquet.*

– Je voulais que tu viennes, mais pour savoir des choses. Lucy, pourquoi est-ce que tu fais du baby-sitting ?

– Parce que j'aime les enfants. Et quand je suis venue vivre ici, je voulais rencontrer des gens.

– C'est pas pour l'argent ?

Pourquoi pensait-elle à ça, soudain ?

– Bien sûr, avoir des sous, c'est agréable. J'aime bien en gagner.

– C'est ce que je pensais aussi.

– Mais je t'aime bien, toi aussi. Je ne garderais pas n'importe qui. Tu sais, si tes parents avaient besoin de moi, même s'ils n'avaient pas d'argent pour me payer, je viendrais quand même.

– Il y a des baby-sitters qui ne font ça que pour l'argent. Elles se fichent pas mal des enfants.

– De qui tu parles ?

– Des nouvelles. Michelle Patterson, Leslie Machinchose et Cathy Morris.

– Elles t'ont toutes dit ça ?

– Non, c'est Ellie Morris qui me l'a dit. C'est la sœur de Cathy. Elle est dans ma classe. Elle me déteste.

Charlotte me regarda tristement.

– Ellie m'a dit : « Charlotte, tu es le chouchou. » Et j'ai dit : « Ce n'est pas vrai » et elle a dit : « Si, tu l'es, et tu n'as pas d'amies » et j'ai dit : « J'ai des baby-sitters, ce sont mes amies » et elle a dit : « C'est pas vrai, Cathy s'en fiche de toi » et j'ai dit : « Alors pourquoi elle me garde ? » et elle a dit : « Parce que ça paye bien, idiote ! »

Les pièces du puzzle se mettaient en place. Charlotte n'avait pas de copines de son âge. Elle pensait que ses baby-sitters étaient ses amies, mais Ellie lui avait dit le contraire. Alors Charlotte avait voulu que je vienne juste pour me voir, pour savoir si j'étais ou non son amie. Rien d'étonnant à ce qu'elle soit perturbée.

– Hé, Charlotte, tu te souviens quand je t'ai invitée à la fête de Simon. Je ne te gardais pas ce jour-là.

– Ouais… admit-elle lentement.

– Mais qu'est-ce que tu fais avec les autres quand elles s'occupent de toi ?

– Elles regardent la télé, elles téléphonent. Une fois, Leslie est venue avec son petit ami.

– Et qu'est-ce que je fais, moi, quand je viens ?

– Tu apportes ton coffre. On lit des histoires, on va se promener, on joue.

– C'est bien ça, être amies, non ?

Tout à coup Charlotte se jeta sur moi et me fit une énorme bise sur la joue.

Je lui répétai ce que j'avais dit à Simon dans l'après-midi, à savoir que, si elle n'aimait pas ses nouvelles baby-sitters, elle devait en parler à ses parents, et leur raconter que Leslie avait fait venir son petit ami.

Quand le docteur rentra, Charlotte était redevenue telle que je la connaissais.

– C'est drôle, dit le Dr Johanssen quand je lui demandai de me conseiller un médecin, je voulais justement te parler de quelqu'un qui a l'air très bien. C'est de la transmission de pensée !

Je posai des questions sur le cabinet où il exerçait et sur ses diplômes. Tout avait l'air parfait.

– Vous croyez que je vais pouvoir obtenir un rendez-vous avec lui, samedi ? demandai-je. C'est dans trois jours seulement.

– Je lui passerai un coup de fil, m'assura le docteur. Et je vais essayer d'expliquer tout ça à tes parents.

– Oh, non, ne faites pas ça ! Il faut que ce soit une surprise, sinon ça ne marchera jamais.

– Et si j'écrivais un mot pour eux ? Tu le leur donnerais juste avant d'aller voir le médecin.

– Oui, c'est une bonne idée.

Ce n'était pas tout à fait ce que j'avais prévu, mais j'étais prête à faire quelques concessions. Je ne voulais pas que le Dr Johanssen ait des ennuis. Je la remerciai et courus à la maison, tout excitée. Mon plan était en bonne voie.

*« C'est affreux ! s'exclama Kristy. Il faut qu'on fasse quelque chose contre l'agence, ça ne suffit pas de dire aux enfants de se plaindre. On pourrait peut-être en parler à nos parents... »*

# 12

Jeudi 11 décembre

Surprise ! Aujourd'hui, Lucy a organisé une réunion d'urgence du club à l'heure du déjeuner.

C'était inattendu pour deux raisons. D'abord, Kristy ne veut plus qu'on parle du club au collège. Et normalement, c'est elle

qui convoque les réunions
d'urgence et personne d'autre.
Lucy a bien fait de nous réunir,
car ça nous a donné du courage
pour notre ultime bataille dans
la guerre contre l'agence.

Je lus ce que Mary Anne avait écrit dans le journal sur les batailles et les guerres et me dis qu'elle dramatisait un peu. En tout cas, cette réunion nous permit de parler de choses importantes. Mais trouver un endroit où la tenir ne fut pas chose facile. Kristy agissait comme si le collège était un nid d'espions ou presque.

– Pourquoi pas à une table de la cantine ? suggéra Claudia.

– Tu veux rire ? Jamais de la vie, dit Kristy. On risquerait de nous entendre.

– Et dans une salle de classe vide ? proposa Mary Anne.

Kristy rejeta l'idée aussi.

– Il peut y avoir des oreilles derrière la porte.

– Et le terrain de sport ? proposai-je.

– C'est pas bête ! On peut à la fois s'isoler et voir si quelqu'un approche, admit-elle.

Nous avons déjeuné en quatrième vitesse, avant de filer au terrain de sport. Il avait neigé pendant la nuit et une bonne couche recouvrait le sol. (Dans les rues de New York, la neige ne tenait pas. Les flocons fondaient avant même d'avoir touché le sol.) Mes pieds étaient gelés.

– Alors, Lucy, pourquoi cette réunion ? demanda Kristy.

– Nous avons un problème.

– Encore un ! s'exclama-t-elle.

– Un gros, mais qui pourrait tourner à notre avantage.

– Ça nous changerait un peu ! ironisa Claudia.

– Hier, j'ai fait deux séances de baby-sitting, expliquai-je en coinçant mes mains sous mes bras, pour essayer de réchauffer mes doigts aussi gelés que mes orteils. Et j'ai oublié de vous dire que j'avais conseillé à Simon de raconter à sa mère qu'il n'aimait pas les nouvelles baby-sitters. Nous, on ne peut pas se permettre de faire ça, mais les enfants le peuvent, eux.

– Excellente idée, remarqua Kristy.

– Le soir, j'ai gardé Charlotte. Elle aussi était complètement bouleversée. Je lui ai dit d'en parler à ses parents. Dorénavant, nous devons observer chez les enfants que nous gardons les signes de mécontentement vis-à-vis des filles de l'agence. Après, on les encouragera à tout raconter. Ils en ont le droit.

Les autres furent d'accord avec moi. D'accord aussi sur le fait que l'agence ne valait pas le club.

Nous offrions la qualité et elles… Mais nous étions loin de nous attendre à ce que nous avons vu ce jour-là, en rentrant de l'école.

Il faisait un temps à ne pas mettre un chien dehors. Nous étions frigorifiées. Au coin de la rue où habitaient Kristy, Claudia et Mary Anne, nous nous sommes trouvées nez à nez avec Simon Newton. Il était seul, au bord du trottoir.

– Coucou ! cria Simon.

– Simon ! s'exclama Kristy. Qu'est-ce que tu fais ici ?

– Je joue, répondit-il.

– Tu es bien trop près de la route. Tu ne devrais pas être dans ton jardin plutôt ?

Kristy nous regarda, d'un air de dire : « Qu'est-ce qui lui prend à Mme Newton ? »

– Et où sont tes gants ? ajoutai-je. Et ton bonnet ? Il fait froid dehors. Ta maman a beaucoup à faire avec Lucy Jane aujourd'hui ?

Simon secoua la tête.

– Elle est à une réunion et le bébé dort.

Une voiture déboula en trombe dans la rue. Elle nous éclaboussa de neige fondue. Je frissonnai à l'idée de ce qui aurait pu arriver si Simon était resté là sans surveillance.

– Tu as une baby-sitter aujourd'hui ? demanda soudain Mary Anne.

– Ouais.

– Comment elle s'appelle ?

– Barb… non Cathy.

– Cathy Morris ? ajoutai-je.
– Ouais.
– Elle sait que tu es dehors ? continua Kristy.
Simon haussa les épaules.
– Elle a dit que je pouvais jouer dehors.
Je me tournai vers les autres.
– Qu'est-ce qu'on fait ?
– J'en sais rien, fit Kristy.
– Écoute, Simon, dis-je en m'agenouillant à côté de lui. D'abord, tu vas aller mettre un bonnet et des gants. Si tu ne les trouves pas, demande à Cathy, mais ne ressors pas sans. Ensuite, tu vas jouer dans ton jardin. La rue, c'est dangereux. D'accord ?
– D'accord.
Nous l'avons regardé courir chez lui.
– Eh bien, déclara Kristy, finie la rigolade. Cette baby-sitter recrutée par l'agence pour les Newton laisse un enfant de trois ans jouer tout seul dehors. Vous savez ce qui aurait pu se passer ?
– Il aurait pu se faire renverser par une voiture, remarqua Claudia.
– Il aurait pu s'en aller, continua Mary Anne. Le ruisseau n'est pas encore gelé, et s'il était tombé à l'eau ?
– Il y a pire, ajoutai-je. N'importe qui aurait pu l'enlever dans sa voiture. Avec le sale temps qu'il fait aujourd'hui, il n'y aurait eu aucun témoin alentour.
– C'est affreux ! s'exclama Kristy. Il faut qu'on

fasse quelque chose contre l'agence, ça ne suffit pas de dire aux enfants de se plaindre. On pourrait peut-être en parler à nos parents, nous aussi. En général, ma mère est de bon conseil.

– Si je savais où est allée Mme Newton, s'énerva Claudia, je l'appellerais aussitôt pour tout lui raconter. Puis j'appellerais une autre personne, à laquelle je pense.

Nous étions devant chez Kristy et nous parlions en tapant des pieds pour nous réchauffer.

– Non, remarquai-je. Si on téléphone aux parents qui font appel à l'agence, ils penseront que nous faisons ça par jalousie, que nous cherchons à dire du mal de l'agence, parce qu'elle nous prend notre travail.

– J'avais pas pensé à ça, avoua Claudia.

– Rentrons chez nous, suggéra Kristy. L'important, c'est que Simon soit en sécurité maintenant. Mais ce n'est pas une mauvaise idée d'en parler à nos parents.

– D'accord, approuva Mary Anne sans grande conviction.

Claudia, Kristy et Mary Anne rentrèrent chez elles et je marchai seule jusque chez moi. Ma mère était dans la cuisine, en train de lire le journal et de boire un café.

– Bonjour, mon cœur, comment ça s'est passé au collège ?

J'enlevai mon manteau et me versai un verre de lait, avant d'aller m'asseoir à côté d'elle.

– Si tu savais que quelqu'un fait quelque chose

qui pourrait mettre gravement en danger quelqu'un d'autre, qu'est-ce que tu ferais ?

Elle me regarda, pensive.

– Il faudrait que tu m'en dises un peu plus pour que je puisse te répondre, dit-elle.

– Si la personne en danger était un enfant et celle qui la met en danger, quelqu'un à qui les parents font confiance, tu crois que ça ferait mauvaise impression de la dénoncer ?

– Lucy ! Tu n'es pas en train de me parler d'enfants maltraités, au moins ?

– Oh, non, ça n'a rien à voir !

Mme MacDouglas parut soulagée.

– Et, demanda-t-elle, tu ne serais pas en train de me parler d'un membre du club ?

– Bien sûr que non ! La personne qui pose problème n'en fait pas partie.

– Tant mieux. Mais qu'est-ce que tu entends par « faire mauvaise impression » ?

– Passer pour une moucharde ou une imbécile.

– Écoute, poursuivit ma mère. Comme ça, sans connaître les faits précisément, je dirais qu'une personne qui veut dénoncer une situation dangereuse doit prendre le risque de faire mauvaise impression, surtout si la vie d'un enfant est menacée. Il n'y a aucun doute là-dessus. Même si ce n'est pas chose facile.

Je hochai la tête.

– D'accord ! Merci pour ton conseil, maman.

Je montai les escaliers quatre à quatre pour téléphoner à Kristy.

– Je viens d'appeler ma mère au bureau, me raconta-t-elle. Elle m'a dit la même chose que la tienne, mais moi je lui ai tout raconté. Mary Anne n'a pas pu joindre son père, mais Claudia en a parlé à Mimi, qui lui a dit la même chose aussi. (Claudia confie tous ses problèmes à Mimi. Elles sont très proches.)

– Alors ? demandai-je.

– Alors…

Kristy avait la gorge nouée.

– Madame Newton vient de rentrer chez elle, c'est maintenant ou jamais.

Un quart d'heure plus tard, nous étions sur le seuil des Newton. Personne n'osait appuyer sur la sonnette. Après un long moment d'hésitation, Claudia se décida enfin.

C'est Simon qui nous ouvrit.

– Re-coucou ! Maman est là maintenant !

– Justement, c'est ta maman qu'on vient voir, dit Claudia.

Mme Newton nous fit entrer.

– Vous faites une de ces têtes, remarqua-t-elle. Quelque chose ne va pas ?

– En fait, oui, se lança Kristy, en jetant un coup d'œil à Simon, qui grimpait sur les genoux de sa mère. Est-ce que nous pourrions vous parler en privé ?

Mme Newton eut l'air surpris.

– Mon chéri, va voir si les dessins animés ont déjà commencé, d'accord ?

Simon quitta la pièce.

– Nous ne savons pas très bien comment aborder la question, fit Kristy, embarrassée. Voilà… voilà ce qui s'est passé cet après-midi…

Elle nous jeta un coup d'œil.

– Nous rentrions de l'école et en arrivant devant chez vous, on a trouvé Simon qui jouait dehors.

– Tout seul, ajouta Mary Anne.

– Au bord de la route, insista Claudia.

– Sans bonnet et sans gants, continuai-je.

– Il nous a dit que c'était Cathy Morris qui le gardait, poursuivit Kristy, mais elle était restée à l'intérieur. A notre avis, elle ne savait même pas où était Simon… On s'est dit qu'il valait mieux vous prévenir.

Mme Newton se taisait. Elle avait l'air complètement horrifiée.

– Excusez-nous de rapporter comme ça, dis-je avec inquiétude, mais nous…

– Oh, non, les enfants. Je vous en suis reconnaissante, au contraire. Je suis sûre que ça a été difficile à dire. Je me... je n'arrive pas à y croire... je veux dire, c'est tellement irresponsable !

Je lui racontai tout le reste.

– Hier, Simon m'avait confié qu'il n'aimait pas ses nouvelles baby-sitters, mais nous ne voulions pas dire du mal de nos concurrentes. Il m'a dit que la plupart des filles passaient tout leur temps à téléphoner ou à regarder la télé. Il croyait que j'allais faire pareil. L'une des baby-sitters fume et elle a fait un trou dans une de vos chaises. Ça a été la même chose avec Charlotte Johanssen. J'en ai longuement parlé avec elle hier soir. Une de ses baby-sitters a même invité son petit ami chez eux.

– Bon, s'indigna Mme Newton, je ne ferai plus jamais appel aux services de l'agence. Nous avons pourtant trouvé un garçon de dix-sept ans qui nous plaît bien. Je l'appellerai chez lui directement, mais plus question de faire travailler les autres. En fait, ces derniers temps, Simon n'avait pas l'air très heureux, mais je croyais que c'était à cause du bébé. En tout cas, je vais appeler le docteur Johanssen et d'autres parents. Je suis sûre que ça les intéressera ce que vous venez de me dire. Je vais aussi appeler Liz et Michelle, et bien sûr Cathy Morris. J'aimerais bien connaître le nom de celle qui fumait également.

– Je sais que vous préférez appeler Cathy vous-même, intervint tout à coup Kristy. Mais est-ce que nous pourrions parler en personne à Liz et à Michelle ? Nous avons un compte à régler avec elles.

*“Le docteur arriva. Il était grand avec des yeux pétillants et une voix chaude. Il me plut tout de suite.*

*– Bonjour Lucy, je suis ravi de faire ta connaissance...”*

# 13

Nous avons réglé nos comptes à la première heure, le lendemain matin.

Une fois à l'école, nous nous sommes plantées devant la classe de Liz et de Michelle. Elles sont arrivées tôt.

– Tiens, se moqua Liz, regardez qui est là. Le club des bébés !

– Ha, ha ! Très drôle ! répliqua Kristy.

Je pouffai de rire. Michelle fit la grimace.

– Alors, comment vont les affaires ? demanda Liz. Quand votre club se cassera la figure, vous pourrez toujours venir travailler pour nous, hein ?

– Pas question, poursuivit Kristy. On est venues vous parler d'un truc grave.

– Qu'est-ce qu'il peut y avoir de si grave ?

– Hier, dit Kristy, Cathy Morris gardait un petit

garçon de trois ans et elle l'a laissé aller dehors tout seul.

– Et alors ?

– Et alors ! On l'a trouvé en train de jouer au bord du trottoir, sans bonnet et sans gants. Nous avons dû le faire rentrer. Si nous n'étions pas passées par là, il aurait pu se faire renverser par une voiture. On ne laisse pas un enfant de trois ans jouer dehors tout seul. Et n'importe quelle baby-sitter responsable sait cela !

– Bon, on ne donnera plus de travail à Cathy, reconnut Michelle. De toute façon, elle n'aime pas le baby-sitting.

– On avait deviné ! se moqua Claudia.

– Qu'est-ce que tu veux dire ? dit Liz avec brusquerie.

– Je veux dire que les enfants que nous connaissons n'apprécient pas vos baby-sitters.

– Est-ce que tu es en train d'insinuer que nous ne sommes pas des baby-sitters sérieuses ? demanda Michelle.

– Une baby-sitter sérieuse, continuai-je, passe du temps avec les enfants qu'elle garde. Elle ne regarde pas la télé et elle ne reste pas pendue au téléphone, en se moquant éperdument de ce qu'ils font.

– On joue toujours avec les enfants et on recommande aux autres de le faire aussi. Pas vrai, Michelle ?

– Oui, bien sûr.

– Vous devez bien connaître les enfants que

vous gardez, alors ? Vous savez quel est le goûter préféré de Simon Newton ?

Liz hésita.

– Je ne l'ai gardé qu'une fois.

– C'est une tartine beurrée avec du miel, déclara Mary Anne, prenant enfin la parole.

– Et l'émission de télé préférée de Charlotte Johanssen ? demanda Kristy.

Liz et Michelle se regardèrent.

– *Tom et Jerry*, dit Michelle triomphalement.

– Non ! C'est le *Cosby Show*.

– Vous avez déjà gardé les petites Marshall ? continua Claudia.

– Moi, oui, dit Liz. Ils ont deux filles : Nina, trois ans et Eleanor, un an.

– Bon, reprit Claudia. Et tu sais ce que ça signifie, quand Eleanor se frotte les oreilles ?

– Qu'elle a une otite ?

– Non. Ça veut dire qu'elle a faim.

– Tu sais à quoi Nina est allergique ? enchaîna Mary Anne.

– Mais enfin, qu'est-ce que c'est que cet interrogatoire, à la fin ?

– Allez, dit Kristy. Tu l'as gardée, non ? Je vais te donner un indice : qu'est-ce que tu pourrais lui donner à manger, qui déclencherait une crise d'urticaire ?

– Mais j'en sais rien ! s'énerva Liz.

– Des fraises, répondit Mary Anne sans hésiter.

– Qu'est-ce que vous voulez prouver ? demanda Michelle.

Elle donna elle-même la réponse :

– Que vous êtes de meilleures baby-sitters que nous ?

– C'est toi qui l'as dit, pas moi, répliqua Kristy.

– Vous l'avez prouvé, d'accord, admit Liz, maintenant fichez le camp et laissez-nous tranquilles.

C'est ce que nous nous sommes empressées de faire.

Une fois dans les toilettes des filles, je demandai :

– Qu'est-ce que vous pensez de tout ça ?

Les trois autres secouèrent la tête. Ça ressemblait à une victoire, mais nous n'en étions pas très sûres. Nous nous demandions ce qui allait se passer quand Mme Newton aurait appelé Cathy et quand les parents seraient au courant des pratiques de l'agence. Nous pensions avoir des échos pendant le week-end. Malheureusement, je devais passer cet important week-end à New York.

Le vendredi, mes parents vinrent me chercher à l'école en voiture. Mon sac de voyage, un livre, une pomme et des devoirs à faire étaient installés sur le siège arrière. J'avais vu le Dr Johanssen la veille, elle avait pu m'avoir un rendez-vous avec le médecin pour samedi, en fin d'après-midi. Et elle m'avait remis une enveloppe très officielle pour mes parents.

Une fois sur l'autoroute, je dis :

– Chez qui on va cette fois ? Chez tante Beverly et oncle Lou ? Ou chez tante Carla et oncle Erik ?

J'espérais que c'était chez tante Beverly et oncle

Lou. Je préférais de loin mes cousins Jonathan et Kirsten à ma cousine Cheryl.

Mes parents se regardèrent et sourirent. Ma mère se retourna et m'annonça :

– On voulait te faire la surprise, mais on peut aussi bien te le dire maintenant. Nous n'allons ni chez les Spencer ni chez les MacGills.

– Chouette ! On va à l'hôtel alors ?

– Non… on va chez les Cummings. Comme ça, tu verras Laine.

– Chez les Cummings ! m'exclamai-je. Ils savent ce que j'ai ? Vous leur avez dit ?

– Eh bien oui. Tu vas tellement mieux maintenant qu'il n'y a plus aucune raison de le leur cacher.

– Laine est au courant aussi ?

– Oui, ses parents le lui ont dit.

– Maman, comment est-ce que tu as pu me faire ça ? Tu sais que Laine me déteste et vice versa !

– C'était il y a des mois. Tout est oublié maintenant, d'autant plus que Laine sait la vérité. Je suis sûre que tout s'arrangera quand vous vous serez revues.

– Moi je suis sûre que non !

Je me recroquevillai sur mon siège.

Lorsque Mme Cummings nous ouvrit la porte, Laine n'apparut pas. Mme Cummings nous accueillit avec chaleur et montra la chambre d'amis à mes parents, puis elle me conseilla d'aller voir Laine dans la sienne. Je m'y rendis à la vitesse d'un escargot malade. C'était bizarre de se retrouver ici, après tout ce temps! La porte de la chambre de Laine était fermée. Dessus, quelqu'un avait écrit en gros caractères :

FRAPPEZ AVANT D'ENTRER

C'est ce que je fis.

– Qui est là ?

– C'est moi, Lucy.

Pas de réponse.

– Je peux entrer ?

Silence absolu.

J'entrai quand même. Je jetai mon manteau sur l'un des lits jumeaux. Laine était allongée sur l'autre lit. Elle ne décrocha pas un mot. Je repartis vers la porte.

– Je voulais juste te dire que je ne suis pas plus contente d'être ici que toi de m'y voir. Finalement, je crois même que j'aurais préféré aller chez ma cousine Cheryl.

Laine leva enfin le nez de son livre.

– Lucy...

Mais j'avais déjà claqué la porte. Des voix me parvenaient du salon. Je me dirigeai alors vers la chambre d'amis, pour pouvoir m'isoler. Laine et moi nous ne nous sommes pas adressé la parole de toute la soirée, mais elle m'observa attentivement pendant tout le dîner. Il n'y avait pourtant pas grand-chose à voir. Je goûtai à tous les plats et quand il fallut m'injecter de l'insuline, je filai dans la salle de bains. Je ne sais pas ce qu'elle s'imaginait, mais à part mon diabète, j'étais aussi normale qu'elle.

Le lendemain matin, nous nous sommes rendus à pied à la clinique du Dr Barnes. Nous avons longé Central Park Ouest, avant de bifurquer dans la 63e rue. A la clinique, une infirmière prit nos noms et nous fit asseoir dans la salle d'attente. Nous étions seuls. Un quart d'heure plus tard, elle prévint mes parents que le Dr Barnes n'allait pas tarder à arriver. Puis, elle m'emmena pour les examens.

On m'examina sous toutes les coutures, on me fit une prise de sang, j'eus droit à un repas spécial et à une nouvelle prise de sang. Puis une femme armée d'une pile de dossiers me fit dessiner ma famille, raconter des histoires à partir de taches d'encre et faire des jeux de construction. Dans une autre salle, on me fit faire plein d'exercices physiques. Enfin, je terminai par un test, qui était peut-être destiné à mesurer mon quotient intellectuel, mais je n'en étais pas sûre. Ça n'en finissait plus ! J'avais rendez-vous à dix-sept heures avec l'autre docteur et mes parents n'étaient pas encore au courant. A quinze heures dix, je commençai à me sentir nerveuse ; à quinze heures vingt, je me mis à transpirer, mais à quinze heures trente, une infirmière vint ramasser la feuille de test. Il était temps ! J'avais passé quatre heures ici et je n'avais même pas vu le Dr Barnes. Mes parents, eux, l'avaient rencontré et ils avaient l'air un peu déçu.

C'était le moment de leur annoncer la suite du programme.

– Si on allait boire quelque chose, suggérai-je en sortant de la clinique.

Une fois installés dans un café, mes parents voulurent que je leur raconte ma journée. C'est ce que je fis brièvement. Pendant qu'ils buvaient leur café, je lançai prudemment :

– Vous aviez raison, vous savez.

– A quel sujet ? demanda ma mère.

– C'est important d'en savoir plus sur le diabète, pour mieux le maîtriser et vivre avec. Et… je me suis renseignée de mon côté.

– Vraiment ? fit mon père. Bravo !

– Ouais. J'ai entendu parler d'un certain docteur Graham. C'est un grand spécialiste des maladies infantiles et du diabète. Il a fait pas mal de recherche et il a même créé un institut de recherche sur le diabète.

Mon père leva les sourcils et hocha la tête.

– En fait, j'ai un rendez-vous avec lui tout à l'heure. C'est une… surprise. Nous devons y être à dix-sept heures.

Je sortis la lettre du Dr Johanssen et la leur tendis.

– Qu'est-ce que c'est que ça ? s'étonna ma mère. Je…

– Lisez-la !

Le Dr Johanssen m'avait montré la lettre. Elle y expliquait que nous avions parlé de ce nouveau docteur, que j'avais émis le désir de le voir et que je lui avais demandé de m'aider à obtenir un rendez-vous. Si elle n'avait pas contacté mes parents personnellement, c'était parce que je lui avais parlé à titre confidentiel. Elle faisait aussi l'éloge du Dr Graham et proposait à mes parents de les rencontrer dès leur retour à Stonebrook.

Mes parents lurent la lettre en fronçant les sourcils.

– Lucy, je ne sais pas trop quoi en penser, commenta mon père en la remettant dans l'enveloppe.

– Je croyais que tu serais content, dis-je sans en être vraiment convaincue.

– Nous… nous ne nous attendions pas à cela. Nous ne savons rien de cet homme, tu aurais dû nous en parler avant de prendre rendez-vous.

– Vous me prenez bien des rendez-vous sans m'en parler, fis-je remarquer.

– C'est vrai… admit ma mère. Docteur Graham. Ce nom me dit quelque chose… Philip Graham. Je crois que j'ai lu quelque chose sur lui. (Elle eut l'air impressionné.) Il paraît qu'il est très bon, mais que c'est très difficile d'obtenir un rendez-vous avec lui. Tu as eu beaucoup de chance, Lucy !

– Écoutez, son cabinet est à l'angle de la 77e rue et de York Avenue, on ferait bien de partir tout de suite.

– Effectivement, approuva mon père en regardant sa montre.

Nous sommes vite montés dans un taxi.

Le cabinet du Dr Graham était tout à fait comme j'imaginais le cabinet d'un pédiatre. La salle d'attente était petite et douillette, meublée de chaises pour enfants. Il y avait des puzzles, une pile de bandes dessinées ainsi qu'une immense corbeille contenant des jouets de toutes sortes. Le docteur arriva. Il était grand, avec des yeux pétillants et une voix chaude. Il me plut tout de suite.

– Bonjour Lucy, je suis ravi de faire ta connaissance. Tu es ma dernière patiente de la journée. Ce sont tes parents, je suppose ?

Ils se présentèrent eux-mêmes. Le docteur nous fit entrer dans son cabinet, qui se révéla aussi bien aménagé et bourré de diplômes que je l'espérais.

– Je ne vais pas examiner Lucy cette fois, expliqua-t-il. Je veux juste lui poser quelques questions.

Quelques questions ! Il m'en posa des centaines. Sur ma naissance, ma santé avant le diabète, l'histoire de ma maladie et les différents traitements. Sur les médecins que j'avais consultés ici et à Stonebrook, sur mes résultats scolaires, sur le déménagement, sur mes amis. Enfin, il pria mes parents de nous laisser seuls, et me demanda ce que je pensais de mes médecins, de mes problèmes de santé et même de ma famille. Pendant que nous parlions, il prenait des notes sur un bloc de papier jaune. Enfin, au bout d'une éternité, il fit revenir mes parents.

– Eh bien, vous pouvez être fiers de votre fille. Mais vous le savez sans doute mieux que moi.

Mes parents acquiescèrent en souriant.

– Oui, nous le savons, admit ma mère.

– Je suis content que vous le sachiez, reprit le docteur en leur souriant à son tour, car Lucy a su parfaitement s'adapter à son traitement. Je ne vois qu'un seul problème en fait.

Ma mère pâlit légèrement.

– Bien que Lucy ait très bien accepté le déménagement, le changement d'école et d'amis, elle n'est pas très sûre d'elle à propos de son diabète. Elle voudrait mieux le dominer, mais elle a un peu peur, n'est-ce pas, Lucy ?

J'étais un peu gênée. Ce n'était pas facile d'observer comment réagissaient mes parents aux propos du docteur et aux miens.

– C'est vrai. Chaque fois que je crois comprendre ce qui se passe, on va voir un nouveau médecin, qui dit de faire autre chose… J'ai posé des questions au docteur Johanssen à propos du docteur Barnes et de sa clinique. Elle m'a dit qu'il risquait de m'envoyer chez un psychiatre ou de me faire changer d'école.

Je respirai un grand coup, car je me sentais sur le point de pleurer.

– Je ne veux pas changer encore une fois d'école. Je veux rester avec Claudia et Kristy et Mary Anne. Et je ne veux pas aller chez un psychiatre ou dans un centre à la noix.

Il y eut quelques secondes de silence. Puis le Dr Graham poursuivit tranquillement :

– Le docteur Werner est un excellent médecin. Elle a très bonne réputation. A mon avis, Lucy ne pourrait être en de meilleures mains – à moins que ce ne soient les miennes !

Mes parents se mirent à rire mais ne prononcèrent pas une parole. Ils contemplaient les diplômes et récompenses accrochés aux murs. Mon père s'éclaircit la voix.

– Je dois dire que j'ai été un peu décontenancé par certaines choses aujourd'hui, dit-il.

– Par beaucoup de choses, l'interrompit ma mère.

– ... Certaines choses que le docteur Barnes nous a dites. Les examens prévus pour lundi et mardi semblent assez inhabituels. Et ils coûtent très cher. Mais l'argent ne compte pas, quand il s'agit de la santé de Lucy, ajouta-t-il très vite.

– Docteur Graham ? Qu'est-ce que vous pensez de la clinique du docteur Barnes ? demanda ma mère.

Le Dr Graham n'y alla pas par quatre chemins.

– Très sincèrement, je pense que c'est du bluff. Rien de ce qu'il fera faire à Lucy ne changera grand-chose. A mon avis, elle n'a besoin que d'un peu de stabilité. Le plus important pour elle, c'est de bien comprendre sa maladie, et elle ne le pourra pas tant que chaque nouveau docteur lui dira de faire quelque chose de différent. Je ne l'ai pas examinée, mais Lucy me semble en excellente santé par rapport à il y a un an. Et cela n'est dû qu'au bon dosage de l'insuline. Lucy maîtrise très bien son régime et ses injections d'insuline, c'est l'essentiel.

Mes parents se regardèrent, puis tournèrent les yeux vers moi.

– Lucy devrait peut-être avoir son mot à dire sur ses traitements, remarqua ma mère. Tu veux retourner à la clinique lundi ? demanda-t-elle.

– Non, lui répondis-je, mais j'aimerais bien voir le docteur Werner, tant que nous sommes à New York. On pourrait essayer de prendre rendez-vous pour lundi.

– Ah bon, tu ne l'as pas déjà fait ? plaisanta mon père.

– Non, dis-je en riant, après ça, on rentrera à la maison et je retrouverai l'école et mes copines du club.

– On en discutera ce soir, ajouta mon père.

Tout le monde se leva. Je remerciai le Dr Graham, qui me souhaita bonne chance et me dit de l'appeler si j'avais la moindre question à poser. Il me remit une carte de visite avec son numéro de téléphone.

Le soir, pendant que nous dînions au restaurant, mes parents et moi avons eu une grande discussion. Résultat : plus de Dr Barnes ! Il ne leur avait pas plu de toute façon. Ils me promirent de ne plus m'emmener voir de nouveaux médecins – du moins pendant quelque temps – et de me laisser prendre part aux décisions à l'avenir.

– N'est-ce pas que j'ai l'air en pleine forme ? dis-je en dévorant mon dîner.

– C'est vrai, ça fait plaisir à voir ! s'exclama mon père.

*“Cette nuit-là, Laine et moi, on a parlé jusqu'à deux heures et demie. Le lendemain, nous étions fatiguées, mais nous voulions quand même profiter au maximum de la journée.”*

## 14

Après le dîner, nous avons retrouvé les Cummings au cinéma. Laine et moi étions assises l'une à côté de l'autre. Avant le film, pendant les pubs, elle sortit sur la pointe des pieds et revint avec un Coca et des Smarties.

– Merci de m'avoir demandé si je voulais quelque chose, lui murmurai-je sur un ton glacial.

Laine me regarda, surprise.

– Pour toi ? Je pensais que tu n'avais droit à aucun de ces trucs-là.

– Je peux manger du pop-corn et boire du Coca light.

– Mais je ne le savais pas.

– Si tu me parlais, tu le saurais.

– Chuut !

Devant nous, un homme se retourna et nous jeta un regard noir. Laine baissa la voix.

– Tu ne me parles plus non plus. Tu ne m'as même jamais dit la vérité sur ta… ta maladie.

– Pourquoi est-ce que je parlerais à quelqu'un qui m'ignore et monte mes amies contre moi et…

– CHUUUT !

L'homme se retourna de nouveau. La femme assise à ses côtés en fit autant.

– Ça commence, dit-elle, et j'aimerais ne pas louper le début du film.

Je me levai.

– Pourrais-tu avoir l'obligeance de me laisser passer, Laine ? dis-je, superpolie. J'aimerais aller boire quelque chose.

Je sortis de la salle obscure, Laine me suivit. Je fis comme si elle n'était pas là et me dirigeai droit vers le distributeur de boissons. Je n'avais pas assez d'argent sur moi. J'avais oublié que tout était plus cher à New York. Laine me tendit trois pièces de vingt-cinq cents.

– Merci, marmonnai-je.

– Lucy, dit-elle lorsque j'eus pris mon Coca, excuse-moi.

– Excuse-moi aussi. J'aurais dû t'expliquer ce qui n'allait pas, mais personne n'était au courant, à part ma famille… Mais pourquoi est-ce que tu ne voulais plus me parler ?

Laine regardait le bout de ses chaussures.

– Je ne sais pas.

Elle s'assit sur une banquette devant les toilettes. Je pris place à côté d'elle.

– Je veux dire… Ça peut paraître bizarre, mais j'étais jalouse.

– Jalouse ? De moi ? Tu aurais voulu être malade ?

– Bien sûr que non. Je crois que j'aurais agi différemment si j'avais su ce que tu avais. Mais tout le monde s'intéressait à toi. Les profs n'arrêtaient pas de te demander comment tu allais et ils t'aidaient dans ton travail. Et tu manquais si souvent l'école.

– Laine, j'ai failli redoubler.

– Non, c'est pas vrai ? Je ne savais pas que… En tout cas, dans la classe quelqu'un a dit que tu avais une maladie contagieuse et je l'ai cru. Et comme j'étais ta meilleure amie, j'étais sûre de l'attraper. J'avais peur. Je ne voulais plus m'approcher de toi. Quand mes parents ont appris notre dispute, ils étaient très fâchés. Nous en avons parlé, mais je ne savais comment m'excuser auprès de toi. C'est pour ça que je ne t'ai jamais écrit à Stonebrook. En plus, je pensais que tu n'accepterais jamais mes excuses. A ta place, je ne voudrais pas de moi comme amie.

Je me mis à rire.

– J'étais assez fâchée contre toi. Tu as fait des trucs vraiment pas sympas. Mais je suppose que tout cela ne serait pas arrivé si je t'avais avoué la vérité. Je pense souvent à New York, tu sais, et je me dis : « Bon sang, si Laine était là... » Je voulais t'écrire aussi.

– Qu'est-ce que tu voulais savoir ?

– Par exemple, tu te souviens de Debbie

Dunlop ? On se disait que ce serait la première à porter un soutien-gorge. Je me demandais si… ?

Laine partit d'un grand éclat de rire.

– Oui ! s'exclama-t-elle. Et tu te souviens de Lowell Johnson ? Le jour où Debbie a débarqué avec un soutien-gorge, il lui a demandé de sortir avec lui !

– Tu veux rire ?

– Non. Je te le jure.

Je n'arrêtais pas de lui poser des questions et elle me répondait avec plaisir. Je réalisai à quel point elle m'avait manqué. Quand les gens sortirent de la salle, nous nous rendu compte que nous avions manqué tout le film !

– Ça ne fait rien, dis-je, ça valait la peine. On pourra retourner le voir n'importe quand, alors qu'on ne va peut-être pas se revoir de si tôt.

Cette nuit-là, Laine et moi, on a parlé jusqu'à deux heures et demie. Le lendemain, nous étions fatiguées, mais nous voulions quand même profiter au maximum de la journée.

Nous avons pris le petit déjeuner toutes les deux, dans un salon de thé en bas de chez Laine. Puis nous sommes allées faire un tour à Central Park. L'après-midi, nous avons assisté tous les six au *New York Magic Show.* C'était une super comédie musicale. Ensuite on a été dîné chez Joe Allen, un de mes restaurants préférés.

En rentrant chez Laine, on s'apprêtait à nouveau à bavarder une partie de la nuit, mais sa mère nous prévint :

– Extinction des feux à dix heures ! Laine a école demain !

J'avais l'impression qu'on m'avait ôté deux énormes poids de la poitrine. L'un était ma brouille avec Laine, l'autre la clinique du Dr Barnes. Je n'avais plus à m'en faire ni pour l'une ni pour l'autre dorénavant. Ma mère appela chez le Dr Werner, tôt le lundi matin. Il y avait une place entre deux patients à dix heures et demie. Le docteur me trouva en pleine forme. Et enfin nous sommes rentrés à Stonebrook.

J'avais hâte que les cours se terminent, pour pouvoir parler aux autres membres du club. Dès que je vis dans la rue des élèves qui avaient quitté le collège, j'appelai chez les Koshi. C'est Mimi qui répondit.

– Lucy, tu es de retour ? Je croyais que tu ne rentrais que mercredi. Tout va bien, j'espère ?

– Oh, oui ! Tout va bien, super bien, même ! Est-ce que Claudia est là ?

– Elle arrive à l'instant. Attends, je l'appelle.

– Allô ?

– Salut Claudia, c'est Lucy. Je suis rentrée plus tôt que prévu. J'en ai fini avec le docteur Barnes. Alors, comment s'est passé ce week-end ? Vous êtes allées au centre commercial ? Il y a des parents qui ont appelé Liz ou Michelle pour se plaindre ?

– Un paquet ! répliqua Claudia, d'une voix satisfaite.

– Charlotte et Simon ont tout raconté à leurs parents. Si tu avais vu la tête des filles, ce matin à l'école ! Si les regards pouvaient tuer, tu serais la seule rescapée du club ! Je crois que la réunion d'aujourd'hui ne sera pas triste…

– Est-ce que je peux venir tout de suite ? Je ne tiens plus en place.

– Mais bien sûr !

Je courus chez Claudia. En chemin, je croisai Charlie Parker. Je me dis que j'avais à peine pensé à lui ces derniers temps. J'étais trop préoccupée par tous ces médecins et par le club. En plus, je n'arrêtais pas de penser à la boum de Peter.

Claudia m'attendait et nous sommes montées dans sa chambre. Personne n'était allé au centre commercial déguisé en homme-sandwich. Les coups de téléphone des parents en colère avaient suffi. Il était question d'y aller le week-end suivant, si c'était encore nécessaire.

Le téléphone se mit à sonner dès quatre heures et demie, soit une heure avant le début de la permanence officielle. Kristy et Mary Anne n'étaient même pas encore arrivées. Je répondis au premier appel. C'était Mme Newton.

– J'organise une réunion du cercle littéraire chez moi, vendredi après-midi, et j'aurais besoin de quelqu'un pour s'occuper de Lucy Jane et de Simon.

S'occuper de Lucy Jane ! J'étais aux anges.

– Je viendrai !

– Dis donc, Lucy, ajouta-t-elle, il faut que je te dise que j'ai parlé à Cathy Morris. J'espère que je n'ai pas été trop dure avec elle. Je lui ai expliqué quelles étaient ses responsabilités de baby-sitter et lui ai dit qu'elle m'avait fait très peur la semaine dernière. Je crois qu'elle n'a pas bien compris ce qu'elle avait fait de mal. Elle m'a dit qu'elle avait trouvé un petit boulot à la confiserie. Elle avait l'air très contente.

– Bon, fis-je. Elle se fera sûrement plus d'argent comme ça.

– J'ai aussi appelé tous les parents que je connaissais, y compris la mère de Kristy, qui aurait pu avoir besoin de l'agence pour David Michael. Tous étaient d'accord pour dire qu'ils veulent savoir à l'avance à qui ils ont affaire, quand ils font garder leurs enfants, et qu'ils ne feront plus confiance à l'agence pour leur trouver des baby-sitters. J'ai également entendu des plaintes de toutes parts. Charlotte et Simon n'étaient pas les seuls enfants malheureux avec ces baby-sitters. Je tiens à te dire à quel point nous vous sommes reconnaissants d'avoir eu le courage de nous alerter sur ce qui se passait.

– Ça n'a pas été facile, c'est vrai !

L'instant d'après, je raccrochai et me mis à raconter ce que Mme Newton venait de me dire. Mais Claudia me regardait d'un air réprobateur.

– Lucy, tu as accepté cette garde, tu connais pourtant le règlement.

– Oh, excuse-moi, je n'ai pas réfléchi.

Le règlement consiste à proposer chaque baby-sitting à tous les membres du club, avant que quelqu'un ne l'accepte. Je venais d'enfreindre la règle la plus importante.

– Moi aussi, j'aimerais m'occuper de Lucy Jane, tu sais, ajouta Claudia, et je parie que Kristy et Mary Anne aussi.

– Désolée. J'ai oublié. J'étais tellement contente.

– Bon, ça va, répliqua Claudia, à ta place, j'aurais été contente aussi. En plus, j'ai assez souvent enfreint le règlement moi-même.

Je souris. C'était vrai.

Dans la demi-heure qui suivit, Mme Marshall et M. Johanssen appelèrent pour des gardes de dernière minute, car ils avaient annulé leurs baby-sitters de l'agence pendant le week-end.

Kristy et Mary Anne arrivèrent ensuite. Nous avons reçu encore quatre autres demandes, dont l'une provenait d'un nouveau client. A six heures, le téléphone se calma enfin.

– Je me demande si on va aussi nous appeler chez nous ce soir, dit Mary Anne.

– Sûrement, répondit Kristy. Noël approche, les gens vont au concert, à des dîners... Ça va être le coup de feu pour nous.

– Bon, ajoutai-je, ça n'a pas été de la tarte, mais nous avons battu l'agence.

– Ce qui compte, poursuivit Kristy, c'est que nous les avons battues parce que nous sommes de bonnes baby-sitters.

– Nous n'avons pas gagné qu'une bataille : nous avons gagné la guerre ! s'exclama Mary Anne.

– Nous sommes les meilleures ! reprit Claudia. Vous voulez qu'on mange des bonbons ?

Elle sortit un paquet de boules de gomme (et du chewing-gum sans sucre pour moi).

– Oui, on l'a bien mérité. Pour le Club des baby-sitters, hip hip hip hourra !

*“J’entendis un petit clic. Je souris jusqu’aux oreilles. Je venais d’avoir une idée : si Laine venait me voir à Stonebrook, je lui proposerais de devenir membre d’honneur du club.”*

# 15

Dring, dring !

– Allô ?… Laine, je suis super contente que tu appelles. Attends une seconde. Maman, c’est Laine. Je monte prendre l’appel dans ta chambre. D’accord ?

Je grimpai les escaliers à toute allure et fermai la porte de la chambre. J’entendis ma mère raccrocher au moment où je prenais l’appareil.

– Alors, quoi de neuf ?

– Je voulais savoir ce qui s’était passé à ton club de baby-sitting. Tu m’avais parlé d’un problème avec une agence.

– Oh ! Tu ne le croiras jamais ! L’agence, c’est terminé.

– Tu veux rire !

– C’est vrai. Les parents ne pouvaient plus faire confiance à Liz et à Michelle – tu sais, ces deux filles – pour trouver des baby-sitters. Mais tu sais quoi ? En allant à l'école mardi, on tombe sur Liz et Michelle, en train de distribuer des prospectus. Kristy, la présidente de notre club, en a pris un par curiosité, bien que Michelle l'ait regardée comme si c'était une moins-que-rien.

Laine pouffa de rire.

– On a lu le prospectus. Liz et Michelle ont déjà trouvé une nouvelle activité : tu les appelles et, pour cinq dollars, elles t'apprennent à te maquiller, à te coiffer, ce genre de trucs, quoi. C'est parfait pour elles, puisqu'il n'y a que ça qui les intéresse. Pour cinq dollars de plus, elles t'accompagnent dans les magasins et t'aident à choisir des vêtements, des bijoux, etc. Elles ont même des tarifs spéciaux pour les fêtes de l'école. Ces filles ont le sens des affaires, Laine. Elles se feront plus d'argent avec ça qu'en faisant travailler des baby-sitters pour leur compte. J'ai tellement de trucs à te raconter ! Hier j'ai gardé Lucy Jane, la petite fille dont je t'ai parlé.

– Non, sans blague ? s'exclama Laine.

– Enfin presque. Sa mère était là, mais je devais les surveiller, elle et son frère, pendant que madame Newton était en réunion. Mais je l'ai prise dans mes bras et je lui ai donné le biberon. C'était génial ! J'ai hâte d'être sa baby-sitter attitrée. Et tu sais quoi encore ? Tu te souviens de Charlotte, la petite qui a des problèmes avec les enfants de son école ? Ses parents sont allés voir l'institutrice et ont décidé de la faire passer en

CE2. C'est trop facile pour Charlotte en CE1, les autres ne l'aiment pas, parce qu'elle travaille beaucoup mieux et beaucoup plus vite qu'eux. L'institutrice pense qu'elle sera bien dans une classe où les enfants ne la connaissent pas et où il y aura un peu plus de concurrence. Charlotte a l'air très contente. Elle changera de classe après Noël.

– C'est bien. J'espère pouvoir rencontrer tous ces gens, Lucy. Je crois les connaître dé… Une seconde… Maman me demande d'arrêter dans deux minutes.

– Oh, non ! m'écriai-je. Je vais accélérer. Je suis allée à la boum de Peter, c'était fantastique ! J'avais une robe neuve. Pour Noël, mes parents vont me faire installer le téléphone dans ma chambre, comme ça je serai plus tranquille pour t'appeler ! Et je veux savoir combien de fois Debbie et Lowell sont sortis ensemble, y compris les petites virées à la bibliothèque.

– Je… ma mère a besoin du téléphone. J'arrête.

– Mais, tu ne m'as rien dit sur toi. Écoute, tu seras la première que j'appellerai sur mon téléphone.

– Super !

Laine baissa la voix et murmura :

– Ma mère n'est pas au courant, mais je t'appellerai le jour de Noël. D'accord ? Salut Lucy !

– Salut, c'est génial que tu m'aies appelée !

– A bientôt, j'ai hâte d'être à Noël.

– Moi aussi.

– Tu me manques.

– Toi aussi.

– Bon, il faut vraiment que je raccroche maintenant.

J'entendis un petit clic. Je souris jusqu'aux oreilles. Je venais d'avoir une idée : si Laine venait me voir à Stonebrook, je lui proposerais de devenir membre d'honneur du club.

## A propos de l'auteur

## ANN M. MARTIN

Ann Matthews Martin est née le 12 août 1955. Elle a grandi à Princeton, aux États-Unis, avec ses parents et sa jeune sœur, Jane.

Elle a été enseignante, puis éditrice de livres pour enfants, avant de se consacrer à la littérature. Pour écrire, elle s'inspire d'expériences personnelles, mais aussi de sa connaissance du monde de l'enfance et de l'adolescence.

Tous ses personnages, même les membres du Club des baby-sitters, sont des personnages imaginaires (ainsi que la ville de Stonebrook). Mais beaucoup d'entre eux ressemblent à des gens qu'Ann Matthews Martin connaît.

Son livre préféré, dans la série le Club des baby-sitters, est *Un grand jour pour Kristy*. Kristy est aussi sa baby-sitter préférée. Ann M. Martin vit actuellement à New York et ses passe-temps favoris sont la lecture et la couture – elle aime particulièrement faire des habits pour les enfants.

Avez-vous lu les autres titres
de la série
LE CLUB DES **BABY-SITTERS** ?

*Les aventures
du Club des baby-sitters continuent !*

## L'Idée géniale de Kristy

## Le Club des baby-sitters n°1

*Découvrez dès maintenant
un extrait du premier chapitre...*

« Le Club des baby-sitters : l'idée est entièrement de moi, et j'en suis assez fière, même si nous y avons collaboré toutes les quatre, Mary Anne Cook, Claudia Koshi, Lucy MacDouglas et moi, Kristy Parker. L'idée m'est venue en classe. Je venais d'entrer en cinquième.

Il faisait très chaud. Il faisait même si chaud au collège de Stonebrook, que les professeurs avaient ouvert les portes et les fenêtres et éteint toutes les lumières. Mes cheveux collaient à ma nuque et j'aurais bien aimé avoir un élastique pour me faire une queue de cheval. Des mouches volaient dans la classe en bourdonnant autour de nos têtes et M. Redmont, notre professeur, nous permit d'arrêter de travailler pour nous faire des éventails en papier. C'était sympa de prendre dix minutes sur le cours d'histoire-géo pour les fabriquer. En tout cas, cet après-midi étouffant n'en finissait plus, et quand la cloche se mit à sonner, je bondis de ma chaise et criai :

– Ya-ouh !

J'étais si contente de pouvoir enfin sortir de là ! J'aime bien l'école, mais parfois, trop c'est trop.

M. Redmont eut l'air choqué. Il devait sûrement penser qu'il avait été bien sympa de nous avoir laissé faire nos éventails, alors que moi, ingrate, je ne pensais qu'à l'heure de la sortie.

Je n'étais pas fière de moi. Mais, trop tard, ce qui était fait, était fait. Je suis comme ça. J'ai envie de dire quelque chose, je le dis. J'ai envie de faire quelque chose, je le fais. Maman dit que je suis impulsive et que ça peut me causer des problèmes. Elle a raison j'en ai déjà fait l'expérience.

M. Redmont se racla la gorge. Il cherchait comment me punir sans m'humilier devant les autres élèves. Il tient beaucoup à ce genre de choses.

– Kristy, commença-t-il, puis il se reprit. Les enfants, je vous ai donné vos devoirs à faire à la maison, vous pouvez sortir. Kristy, j'aimerais te parler une minute.

Tandis que les autres ramassaient leurs livres et leurs cahiers puis quittaient la classe en chuchotant et en pouffant de rire, je me suis dirigée vers le bureau de M. Redmont.

Avant qu'il ait pu me dire un mot, je commençai par m'excuser. Ça aide parfois. ”

*Les aventures*
*du Club des baby-sitters continuent !*

## Le Secret de Lucy

## Le Club des baby-sitters n°3

*Découvrez dès maintenant*
*un extrait du premier chapitre...*

« – En tant que présidente du club, dit Kristy Parker, je propose que nous discutions de ce qu'il faudra faire quand madame Newton accouchera.

– Qu'est-ce que tu veux dire ? demandai-je.

– Nous devons nous tenir prêtes. Ça fait des mois que nous attendons la naissance de ce bébé et les Newton sont nos meilleurs clients. Ils auront besoin de quelqu'un pour garder Simon le moment venu. Il faut qu'on soit prêtes !

– C'est une bonne idée. Je suis tout à fait d'accord, dit Mary Anne Cook.

Mary Anne est toujours d'accord avec Kristy. Normal, elles sont inséparables !

Je jetai un coup d'œil à Claudia Koshi, qui est ma meilleure amie et la vice-présidente du club. Elle haussa les épaules. Kristy, Claudia, Mary Anne (la secrétaire) et moi, Lucy MacDouglas (la trésorière), sommes les quatre membres du Club des baby-sitters. Il a été créé il y a deux mois. L'idée est de Kristy, c'est pour ça qu'elle est présidente. Nous nous réunissons trois fois par semaine de dix-sept heures trente à dix-huit heures dans la chambre de Claudia (elle a un téléphone personnel). Les parents appellent lorsqu'ils ont besoin de nos services. Si le club marche si bien, c'est que, sur quatre baby-sitters, les gens sont sûrs d'en trouver une de disponible. Ils apprécient cela et nous aiment bien, nous aussi. Nous sommes des filles sérieuses. Nous avons travaillé dur pour que ça marche ; nous avons distribué des prospectus dans les boîtes aux lettres et passé une annonce dans le *Stonebrook News*, le journal local.

J'habite à Stonebrook, ce trou perdu du Connecticut, aux États-Unis… Quel choc après New York ! Ici, il n'y a qu'un seul collège, celui où nous allons, mes copines et moi. Nous sommes en cinquième. A New York, il y a des millions de collèges. En fait, là-bas, il y a des millions de tout. Ici, il n'y a… pas grand-chose, à vrai dire ! Mes parents et moi avons emménagé en août et, au début, je ne me suis pas fait une seule amie. Jusqu'à ce que je rencontre Claudia en septembre. Ici, tous les gens ont l'air de se connaître depuis leur plus jeune âge. C'est le cas de Claudia, Kristy et Mary Anne, en tout cas. Kristy et Mary Anne habitent côte à côte, et Claudia juste en face. Moi, j'habite deux rues plus loin. C'est pour ça que j'ai été super contente quand Claudia m'a parlé du club. »

*Les aventures*
*du Club des baby-sitters continuent !*

## Pas de panique, Mary Anne !

## Le Club des baby-sitters n°4

*Découvrez dès maintenant*
*un extrait du premier chapitre...*

« C'était un lundi du mois de janvier. Il était près de cinq heures et demie, heure à laquelle devait se réunir le Club des baby-sitters. J'arrivais juste chez moi quand, devant la maison d'à côté, je vis Kristy Parker. C'est elle la présidente du club et c'est aussi ma meilleure amie. Comme ma mère est morte quand j'étais encore toute petite – je vis seule avec papa maintenant – Kristy est presque une sœur pour moi, et Mme Parker une mère. Les parents de Kristy ont divorcé il y a quelques années, et son père est parti vivre ailleurs. Mais, mon père n'est pas un père pour elle. Il n'est pas chaleureux et compréhensif comme Mme Parker.

On a couru l'une vers l'autre, en faisant craquer ce qui restait de neige sous nos pas, puis on a traversé la rue pour aller chez Claudia Koshi, qui est vice-présidente du club. Nous nous réunissons chez elle, parce qu'elle a le téléphone dans sa chambre.

Les réunions du Club des baby-sitters ont lieu les lundi, mercredi et vendredi de cinq heures et demie à six heures. Les gens qui ont des enfants à faire garder nous appellent sur la ligne de Claudia. La garde est assurée par l'une ou l'autre d'entre nous. C'est simple, mais génial, c'est une idée de Kristy. Ce qu'il y a de bien, c'est que nous sommes quatre, les gens qui appellent sont donc sûrs de trouver une baby-sitter disponible.

Bien sûr, le club n'est pas parfait. Par exemple, les quatre membres qui le composent – Kristy, Claudia, Lucy MacDouglas, la trésorière, et moi, la secrétaire – n'ont que douze ans. Nous ne pouvons pas sortir après vingt-deux heures. En fait, seule Lucy a la permission de sortir plus tard, et Claudia a récemment eu le droit de faire quelques baby-sittings jusqu'à dix heures. Kristy et moi, nous devons être rentrées chez nous à neuf heures et demie du soir le week-end et à neuf heures la semaine.

A cause de ça, le club a failli disparaître : il n'y a pas longtemps, des filles plus âgées que nous et qui pouvaient sortir tard le soir, nous ont imitées en montant l'Agence de baby-sitters. Beaucoup de gens se sont alors adressés à elles. Mais ça n'a pas marché, car les baby-sitters ne faisaient pas bien leur travail. Nous avons donc récupéré nos clients et l'année qui commence s'annonce bien. ”

*Les aventures*
*du Club des baby-sitters continuent !*

## Carla et les trois monstres

## Le Club des baby-sitters n°5

*Découvrez dès maintenant*
*un extrait du premier chapitre...*

“ Je suis Carla Schafer dernière recrue du Club des baby-sitters. Contrairement aux autres, je n’occupe pas de fonction particulière au sein du club. Mary Anne Cook est secrétaire ; Claudia Koshi, vice-présidente ; moi, je ne suis que la baby-sitter numéro cinq. Le club, c’est ce qu’il y a de plus important dans ma vie. Sans ce travail, je n’aurais pas été amenée à connaître autant de gens à Stonebrook.

Voyez-vous, je suis arrivée dans cette ville il y a seulement quelques mois. Avant j’habitais en Californie. Mais l’automne dernier, mes parents se sont séparés et maman a décidé de revenir dans sa ville natale. Nous avons donc déménagé juste après Noël. Quel déracinement pour mon frère David et moi ! Il a fallu dire adieu au soleil de Californie et bonjour à la pluie du Connecticut !

Ici, il fait toujours froid – du moins jusqu'à présent – et j'ai horreur du froid. Parfois la température baisse de plusieurs degrés d'un coup. Ces jours-là, je m'en prends au présentateur de la météo et je le traite de tous les noms. Quand il se remet à faire un peu plus chaud (mais jamais assez à mon goût), je me réconcilie avec lui.

Pour revenir à la Californie du Sud, c'est une région où il n'y a qu'une saison : l'été. Quand j'y repense, je me dis que c'était le paradis ! J'allais à la plage tous les jours ou presque, j'étais bronzée toute l'année et, même à Noël, le thermomètre descendait rarement au-dessous de vingt-cinq degrés. Quelle idée d'avoir inventé trois autres saisons !

Voilà ce que j'étais en train de ruminer, l'autre jour, en pédalant contre le vent pour aller garder les enfants de Mme Pike. Elle en a huit, dont des triplés ! Heureusement, je ne devais pas les garder tous. Les triplés, des garçons de neuf ans, seraient à la patinoire (ils font partie de l'équipe de hockey, comme mon frère David) et Vanessa, qui a huit ans, prendrait sa leçon de violon. Il me restait donc Nicky, sept ans, Margot, six ans, Claire, quatre ans, et Mallory, âgée de dix ans, qui m'est généralement d'une aide très précieuse.

En arrivant devant la maison des Pike, j'ai laissé ma bicyclette dans l'allée et j'ai appuyé sur la sonnette.

– J'y vais ! J'y vais ! a crié une petite voix à l'intérieur. ❞

*Les aventures*
*du Club des baby-sitters continuent !*

## Un grand jour pour Kristy

## Le Club des baby-sitters n°6

*Découvrez dès maintenant*
*un extrait du premier chapitre...*

« – Le vieux Ben Lelland était complètement fou. Il mangeait des pissenlits frits et, à partir de l'âge de cinquante ans, il n'est plus sorti de la maison... sauf pour aller cueillir des pissenlits dans le potager. A sa mort, son fantôme est resté ici. Je te le jure, il hante notre grenier.

Karen Lelland me regarda avec de grands yeux. Elle adore les histoires de fantômes et de sorcières. Elle croit que sa voisine, Mme Porter, en est une.

Le frère de Karen, Andrew, qui a quatre ans, tourna vers moi des yeux aussi ronds que ceux d'un hibou. Il restait silencieux.

– Je crois que tu fais peur à ton frère, dis-je à Karen.

– Non, pas du tout, chuchota Andrew.

– Tu en es sûr ? murmurai-je en me penchant vers lui.

– Non, répondit-il d'une voix presque inaudible.

– Je crois que nous avons assez parlé de fantômes, dis-je.

– D'accord, admit Karen. Mais quand tu viendras habiter chez nous, tu regretteras de ne pas en savoir plus sur notre arrière-grand-père. Surtout si tu as une chambre au deuxième étage…

A l'entendre, on aurait pu croire qu'elle parlait du château de Frankenstein. Je ne pus m'empêcher de frissonner. Pourquoi me laissais-je impressionner par une gamine de six ans ?

Karen et Andrew sont les enfants de Jim Lelland, qui va se remarier avec ma mère, Edith Parker. Cela signifie que Karen et Andrew vont devenir ma demi-sœur et mon demi-frère. Mais aussi que mes frères et moi allons quitter notre maison de Bradford Alley pour habiter celle de Jim.

Cette situation a des avantages et des inconvénients. Les avantages, c'est que Jim est riche. En fait, il est millionnaire. Et sa maison n'est pas une simple maison, c'est un véritable palais. Charlie et Samuel, mes frères aînés, qui ont toujours partagé la même chambre, auront chacun la leur chez Jim. Et David Michael, mon petit frère, qui vient d'avoir sept ans, aura enfin une chambre plus grande qu'un placard.

Quant à moi, ma chambre actuelle me convient parfaitement ; ce qui m'ennuie le plus dans ce déménagement, c'est que Jim habite à l'autre bout de la ville. ”

Loi n° 49-956 du 16 juillet 1949
sur les publications destinées à la jeunesse
ISBN 2-07-050512-X
Dépôt légal : avril 1997
Imprimé sur les presses de la Société Nouvelle Firmin-Didot
N° d'impression : 38355

78837